CE LIVRE EST UN ROMAN.
Toute ressemblance avec des personnes, des noms propres, des lieux privés, des noms de firmes, des situations existant ou ayant existé, ne saurait être que le fait du hasard.

I

Septembre

À son apparition, le planton de garde à la porte de la salle des pas perdus lui adressa un petit signe, un geste nonchalant de la main destiné à lui montrer qu'il l'avait reconnu.

William Kalimanzaros s'avança d'un pas.

Un groupe de visiteurs encombrait le passage, têtes levées pour étudier la décoration de la voûte, indifférents à la gêne qu'ils provoquaient.

Kalimanzaros les contourna en n'écoutant les commentaires qu'à demi, et ne répondit qu'avec retard au salut amical du gardien en remerciant d'un hochement de tête. Il s'engagea dans l'escalier qu'il se mit à descendre sans hâte.

La grande porte du hall était entrouverte, une mare vibrante de soleil avait été jetée sur les vieilles dalles comme un résidu de l'été finissant et des éclats de poussière volaient dans le cône lumineux, auréolant le portique de sécurité aux côtés duquel officiaient deux agents.

Kalimanzaros se glissa dans le passage et gonfla profondément ses poumons en respirant l'atmosphère extérieure, paupières froncées pour se protéger de la lumière soudain plus intense.

Il s'attarda un instant au contact de l'air chaud. Il faisait un temps magnifique, il allait être midi et il y avait du monde sur la place du Parlement, les gens semblaient marcher en recherchant l'ombre.

D'un large déplacement du regard, Kalimanzaros embrassa le quartier, les immeubles autour de l'esplanade, les ruelles nappées de pénombre fraîche, les piétons grimpant paresseusement. Une jeune femme aux courts cheveux bruns attendait là, assise sur la quatrième marche, enveloppée dans un manteau de laine malgré la chaleur, et les cuisses recouvertes d'une robe noire sur laquelle elle avait replié l'épitoge herminée des avocats de province. Elle lisait un document et ne releva pas les yeux.

William Kalimanzaros ne lui accorda qu'un bref regard en songeant qu'il la connaissait, mais il ne se souvint pas d'où et ne chercha pas. Il lui tourna le dos en se frottant le menton, signe chez lui d'une certaine perplexité, et effectua quelques pas sur les vastes dalles carrées, tâtant ses poches de l'autre main en quête de son étui à cigarettes.

Les pavés sillonnés par les rails de l'ancien tramway conservaient les taches humides de la très brève averse tombée un moment plus tôt, le temps à peine de lessiver les vitres du bureau du procureur général. La pluie avait cessé aussi vite qu'elle avait commencé.

Kalimanzaros s'immobilisa de nouveau à la limite des trois dernières marches et prit le temps d'observer l'immense esplanade, sur laquelle le soleil était revenu jouer avec les flaques.

Décidément, il était embarrassé.

Les joues creusées, il s'octroya le temps de fumer sa Marlboro en s'efforçant d'adopter l'air détaché de celui qui ne pense pas à grand-chose, ses doigts jouant négligemment avec le briquet au fond de sa poche, son regard mobile voyageant en continu sur les façades claires des vieux bâtiments. Il avait la mine faussement relâchée d'un flâneur désœuvré alors qu'il réfléchissait au contraire intensément, et William Kalimanzaros, à cet instant, ne savait décidément pas quoi faire. Rentrer chez lui où on ne l'attendait pas et prendre le risque de se retrouver seul pour déjeuner… Ou regagner son bureau… Avaler un morceau à l'une des terrasses de la rue Saint-Georges… Il réprima un bâillement dans son poing fermé. Les rayons lui réchauffaient la peau au travers de sa veste. Une nouvelle fois la journée s'annonçait radieuse. Un carillon sonnait quelque part.

Appeler Baron tout de suite…

Il finit par écraser son mégot de la pointe de son mocassin, se baissa pour le ramasser avec l'intention de le jeter dans une corbeille et descendit les dernières marches pour atteindre la grande place. On était vendredi, les ultimes feux de la belle saison caressaient le centre historique de Rennes et l'envie le prit d'une promenade apéritive dans les ruelles. Il s'enfonça entre les immeubles en direction de la rue Baudrairie.

Il hésitait toujours.

L'information livrée par le magistrat méritait un traitement discerné et William Kalimanzaros préférait méditer avant d'agir. Il sentait le sang affluer aux veines de son cou, la lumière diffuse reflétée par les façades des immeubles finissait par lui donner chaud. Il s'interrogeait sur ce que serait la réaction de Baron.

Trente-cinq ans après, le commissaire commencerait sûrement par ne pas y croire… Il listerait les arguments démolissant la thèse… il contesterait… il douterait… il admettrait enfin qu'il pouvait exister une infime chance. C'était une histoire personnelle, le fil rouge d'une vie, la cicatrice originelle sans laquelle Baron fut peut-être devenu quelqu'un d'autre…

Il ne se contenterait pas de simples affirmations. Kalimanzaros décrocha son téléphone alors qu'il récupérait la rue de Brilhac et appela son service tout en marchant :

— Nadine ?… Il me faudrait des infos sur un certain Jean-Louis Tanneau, dit-il sans cesser de fouler les pavés. Il purge une peine de six ans pour attaque à main armée au centre de détention de Lorient… État civil, casier… Faites-moi un topo en insistant sur la fin des années soixante-dix et le début des années quatre-vingt, et trouvez-moi une photo aussi…

Concentré, il faillit heurter une femme sortant d'une boutique et raccrocha en s'excusant. Le téléphone avait failli lui échapper des mains. Il songeait à Jean-Louis Tanneau…

Une heure auparavant, William Kalimanzaros n'avait jamais entendu prononcer ce nom-là, et le procureur général ne lui avait pas dit grand-chose sur l'homme, il s'était contenté d'évoquer l'essentiel, et l'essentiel c'était l'affaire Céline Boulher, un *cold case*[1] dont peu de gens se souvenaient encore…

Kalimanzaros avait tout juste retenu de quoi croquer l'image d'un petit bonhomme rachitique et lamentable, un truand sur le retour, un vagabond des prétoires sûrement pas fiché au grand banditisme, plus habitué aux bancs de la correctionnelle qu'aux box des assises.

Le type était incarcéré depuis quatre ans pour le braquage d'un supermarché. Un coup monté en solitaire et dans la précipitation, mal préparé et mal exécuté, une sorte de baroud d'honneur pour un brigand qui avait tout raté. Tanneau n'avait pas la trempe, il avait été maîtrisé par un vigile et son arme n'était même pas chargée. Une tentative de la dernière chance engagée par un malfrat au bout du rouleau, mais qui n'en avait pas moins traumatisé le personnel. Et l'homme avait un casier déjà lourd de condamnations multiples. Le juge s'était montré sévère.

Kalimanzaros poursuivait sa promenade en songeant qu'il ne connaissait même pas son âge, par déduction seulement il imaginait un Tanneau accusant une petite soixantaine d'années. Un type suffisamment jeune encore pour pouvoir espérer une autre chance qu'il n'aurait finalement pas. Les aiguilles de l'horloge avaient entamé leurs ultimes révolutions et Tanneau gérait sa fin de vie du fond de sa cellule. C'était le second élément de l'affaire. Le médecin avait confirmé au magistrat l'inéluctable progression du mal. Rongé par le cancer, Tanneau n'en avait au mieux que pour quelques mois, fin de vie qu'il passerait à l'infirmerie et probablement sous morphine.

---

1. *Affaire criminelle non résolue.*

Le truand ne voulait pas de ça, il négociait une libération anticipée pour mourir à l'air libre, dans un lit que sa sœur s'engageait à mettre à sa disposition dans la chambre d'amis de sa maison de Colpo. Elle avait confirmé son souhait de l'accueillir. Tanneau déclarait avoir des choses à mettre dans la balance, des choses lointaines peut-être, dissimulées sous le fatras criminel de la mémoire des hommes, mais pas de celle de la justice, une vieille dame qui se hâtait lentement et pour qui le temps ne comptait pas… Son avocat proposait donc une transaction.

Jusque-là tout était clair. Tanneau avait dévoilé quelques atouts et le magistrat s'était senti l'envie de découvrir le jeu, à condition toutefois que les cartes ne soient pas biseautées. C'était là qu'intervenait Baron qui devait maintenant être informé.

Les pensées de William Kalimanzaros s'acheminèrent doucement vers les questions qui avaient émaillé le discours du procureur. Comment allait Baron ? Leur amitié n'était pas un secret, Kalimanzaros était le mieux placé pour en juger, il n'avait pas cherché à biaiser. Le commissaire allait bien, mieux certainement, même s'il avait changé. Physiquement, il s'était remis de l'épreuve. Moralement, la mort du vieux grand-père sur lequel il avait été obligé de tirer pour sauver sa propre existence provoquait encore des parenthèses d'absence. Il fallait du temps pour oublier tout ça…

Kalimanzaros marchait toujours en songeant que la frontière était parfois bien ténue. Il n'y avait pas eu de reproches à faire parce qu'il n'y avait pas eu d'erreur, la procédure avait été respectée. Baron ne s'était simplement pas méfié ce matin-là, pas suffisamment en tout cas, il avait cru que le grand-père avait naturellement besoin d'aide et qu'il était décidé à se rendre, alors qu'il désirait au contraire en finir.

S'il y avait eu erreur, elle était uniquement là.

La journée avait débuté sans actions d'urgence particulières, l'alerte était venue d'un voisin, averti par le bruit et qui s'en inquiétait, peut-être un coup de feu… Baron s'était rendu sur place et il s'était approché. Ce n'était que la routine, il avait l'habitude. Le vieil homme avait répondu à l'appel en sortant de sa maison en pantoufles, l'air un peu hagard… Un octogénaire en chemise à carreaux débraillée. Pas un tueur, juste un vieil homme éreinté…

Ensuite tout n'avait été que question de réflexes, un enchaînement de gestes instinctifs. De la méfiance tout de même, l'arme de service prête à tirer… Les automatismes avaient joué, Baron n'avait réfléchi qu'après. Il avait senti la douleur dans sa hanche qui explosait au moment où la tête du grand-père se diluait dans un geyser de sang. Il n'avait pressé la détente qu'une seule fois et il avait tué un homme. Le corps de la grand-mère avait été retrouvé dans la cuisine, abattue par l'arme que le forcené serrait encore entre ses doigts, le couple ne se supportait plus. Baron ne le savait pas en arrivant sur les lieux… Oui, il fallait du temps pour oublier tout ça, mais ça allait mieux…

Kalimanzaros déroula la liste des numéros contenus dans son répertoire. Il pressa son pouce sur l'indicatif. Il venait de décider qu'il ne dirait pas grand-chose par téléphone, il se contenterait d'annoncer qu'il y avait du nouveau dans le dossier Céline.

Trente-cinq ans après.

L'affaire Céline Boulher…

L'éclaireur de Brest - jeudi 19 juillet 1979

Une jeune fille enlevée dans le Finistère

Le parquet de Brest a ouvert une enquête après l'enlèvement d'une jeune fille mercredi, aux alentours de midi trente, sur la petite commune de Ploudaniel, dans le nord Finistère.

Céline Boulher revenait d'une promenade en compagnie d'un voisin lorsque les deux jeunes gens ont, semble-t-il, été agressés par un homme qui se serait enfui au volant d'une camionnette en emportant Céline. La jeune fille, âgée de seize ans, réside chez ses parents en banlieue parisienne, mais passe actuellement des vacances dans sa famille originaire du département. Le voisin, dont l'identité n'a pas été révélée, aurait été retrouvé à demi-inconscient par son grand-père, parti à sa recherche.

L'enquête, qui s'annonce difficile, a été confiée à la section de recherches de la gendarmerie de Brest qui lance un appel à témoins…

*

Ouest République - samedi 21 juillet 1979

Disparition de Céline

On est toujours sans nouvelles de la jeune Céline Boulher, disparue mercredi dans des circonstances qui restent mystérieuses.

La jeune fille, âgée de bientôt dix-sept ans mais qui paraît plus que son âge, a été enlevée alors qu'elle rentrait d'une promenade à l'heure du déjeuner, en compagnie d'un voisin qui a pu être entendu par les enquêteurs. Ceux-ci restent extrêmement discrets sur les éléments recueillis. On sait toutefois que Céline aurait pu être emmenée à bord d'une camionnette blanche qu'un témoin dit avoir aperçue sur les lieux quelques minutes avant l'agression. Cette camionnette fait actuellement l'objet de recherches menées par l'ensemble des brigades de gendarmerie du grand ouest.

Une cellule spéciale a été constituée afin d'exploiter toutes les informations recueillies et de coordonner l'action menée par les enquêteurs, qui réitèrent l'appel à témoins lancé dès mercredi soir.

Les parents de la jeune Céline, qui résident en banlieue parisienne, sont arrivés dans la région dans la nuit de mercredi à jeudi…

*

Ouest République - lundi 23 juillet 1979

Appel aux ravisseurs lancé par le père de Céline

Dimanche soir, monsieur Charles Boulher, père de la jeune Céline enlevée mercredi dernier et dont on est toujours sans nouvelles, a lancé un appel aux ravisseurs depuis le palais de justice de Brest, où il venait de rencontrer le procureur de la République.

Dans un message poignant, au cours duquel il lui a été impossible de retenir son émotion, Charles Boulher a exhorté les ravisseurs de libérer sa fille.

On en sait désormais un peu plus sur les circonstances dans lesquelles a disparu Céline. La jeune fille, scolarisée dans un lycée d'Aulnay-sous-Bois, a l'habitude de passer chaque été quelques jours de vacances chez une tante, sœur de son père, dans le Finistère. Elle y retrouve d'année en année des jeunes de son âge, également en villégiature dans les maisons du voisinage.

C'est en compagnie de l'un d'eux que Céline est partie mercredi matin, vers onze heures, pour une promenade dans la campagne alentour. Les jeunes gens ont ainsi effectué un périple qui les a menés jusqu'à un lavoir aménagé dans une prairie, où ils se sont arrêtés quelques instants pour se rafraîchir, tant la chaleur était déjà intense. Puis ils ont décidé de rentrer en empruntant le chemin d'accès à la ferme Le Marrec, leur permettant de rejoindre la petite route départementale à quelques centaines de mètres seulement des habitations.

Madame Le Marrec, occupée à cet instant-là à la préparation du déjeuner, a confirmé aux enquêteurs les avoir vus passer par la fenêtre de sa cuisine.

C'est à la jonction du chemin et de la route, dans un lieu où il est facile de se dissimuler derrière les haies et le rideau d'arbres, que les faits se sont produits. Malheureusement le seul témoin, le jeune mineur qui accompagnait Céline et dont l'identité n'a pas été révélée ne se souvient de rien.

Inquiet de ne pas le voir rentrer, son grand-père l'a finalement retrouvé errant, hagard et le visage profondément tuméfié par le coup violent qui l'avait assommé.

C'est à partir de cet endroit que se perd toute trace de Céline. La jeune fille a-t-elle été victime d'une rencontre de hasard ou au contraire d'un enlèvement prémédité ? Dans ce cas, quel est le but poursuivi par le ou les ravisseurs ? On sait que les parents de Céline, tous deux salariés, ne sont pas à la tête d'une fortune qui justifierait un rapt crapuleux, et selon certaines sources proches du Parquet, aucune demande de rançon ne leur aurait été adressée.

Autre question qui se pose aux enquêteurs : l'enlèvement est-il le fait d'un homme seul ou y a-t-il eu des complices ? Rien pour l'instant ne permet encore de répondre à ces questions et les heures qui passent ne font qu'accroître l'angoisse de la famille Boulher.

*

L'éclaireur de Brest - mardi 31 juillet 1979

Disparition de Céline

Une marche silencieuse a été organisée hier dans les rues de Lesneven, près de deux semaines après l'enlèvement de la jeune Céline Boulher dont on reste toujours sans nouvelles.

Le Parquet de Brest n'a pu que confirmer que les investigations, menées par la cellule spéciale constituée au sein de la section de recherches de la gendarmerie, n'avaient pour l'instant pas permis d'orienter l'enquête.

Céline a disparu le mercredi 18 juillet dernier alors qu'elle était en vacances dans sa famille. C'est au cours d'une promenade en compagnie d'un camarade de son âge, le jeune Nazer Baron, qui passait lui aussi quelques jours au domicile de ses grands-parents maternels, que Céline a été enlevée sans que l'on sache encore si cette agression a été le fait d'une ou de plusieurs personnes. Le ou les ravisseurs n'ont adressé aucun message à la famille et la disparition n'a fait l'objet d'aucune revendication.

Les parents de Céline, entourés par tous les membres de leur famille, marchaient en tête de cortège où ils ont fait montre d'une extrême dignité, lançant un nouvel appel aux ravisseurs pour qu'ils libèrent leur fille…

*

L'éclaireur de Brest - mercredi 18 septembre 1979

Disparition de Céline

Cela fait deux mois aujourd'hui qu'a disparu Céline Boulher et l'enquête de la section de recherches de la gendarmerie reste au point mort. Des centaines d'auditions et de vérifications n'ont toujours pas permis d'identifier la camionnette blanche dans laquelle aurait pu être enlevée la jeune fille. Si la « cellule Céline » a multiplié les fouilles et passé au peigne fin tous les renseignements obtenus, même les plus farfelus, les enquêteurs n'ont pu à ce jour dégager aucune piste sérieuse vers laquelle orienter leurs investigations.

Un homme interpellé il y a dix jours, un quinquagénaire de la région connu des services de police pour des faits d'agressions sexuelles sur deux fillettes, vient d'être libéré. L'alibi qu'il avait fourni lors des premiers interrogatoires n'avait pas convaincu, mais l'étude fouillée de son emploi du temps pour la journée du 18 juillet a finalement montré qu'il ne pouvait pas se trouver sur les lieux de l'enlèvement au moment des faits.

« Il n'est pas question de relâcher notre effort », assure le lieutenant-colonel Raymond Varet qui commande la section de recherches de Brest, « nous effectuons des

vérifications quotidiennes sur des affaires de mœurs et de violences sexuelles, nous retraçons le parcours de personnes impliquées dans ce type d'agressions… ».

À quelques jours de l'automne, alors que les premières ondées viennent ternir les affichettes placardées aux vitrines des commerces, l'enquête s'installe désormais dans la durée, mais l'espoir de retrouver un jour Céline vivante s'amenuise de semaine en semaine.

*

Ouest République - lundi 21 juillet 1980

Céline, un an déjà

C'est le 18 juillet 1979 qu'a disparu Céline Boulher, alors qu'elle effectuait une promenade dans la campagne en compagnie d'un camarade de vacances. Un an après, jour pour jour, l'enquête n'a toujours pas permis de dégager la moindre hypothèse sérieuse sur ce qui a pu arriver à la jeune fille, qui serait aujourd'hui âgée de dix-sept ans et huit mois. Les gendarmes suivent toutes les pistes possibles, mais rien n'a encore permis de retrouver la plus infime trace de Céline…

*

Ouest République - mercredi 28 juin 1989

Le crime de la plage du Moulin-Blanc a-t-il un rapport avec la mystérieuse disparition de Céline Boulher en 1979?

Qui se souvient encore de Céline Boulher, enlevée le 18 juillet 1979 et jamais retrouvée ? Elle aurait aujourd'hui vingt-six ans. Si les recherches effectuées depuis lors n'ont toujours pas permis de faire aboutir l'enquête, le dossier demeure pourtant bien ouvert sur le bureau du juge d'instruction Paul Bougeot, en charge de l'affaire depuis octobre dernier.

« La cellule Céline reste active », affirme-t-il, « nous enregistrons toujours des témoignages, nous effectuons des recoupements… Chaque fois qu'une affaire d'agression sexuelle est ouverte quelque part, nous recevons une alerte et nous vérifions que les suspects ne se trouvaient pas dans le Finistère en juillet 1979… ».

On se souvient que Céline a disparu au cours de cet été-là et rien, malgré les efforts déployés par les enquêteurs, n'a depuis permis de retrouver la moindre trace de la jeune femme.

Un corps découvert dans une crique de Saint Renan il y a trois ans a un temps relancé les espoirs d'un progrès dans les recherches engagées. Le père de Céline, Charles Boulher, avait alors exprimé dans nos colonnes son espérance d'apprendre enfin ce qui était arrivé à sa fille. Il nous avait confié sa certitude que Céline était malheureusement morte, et son vœu de pouvoir retrouver sa dépouille pour effectuer le travail de deuil. Mais le corps découvert a finalement été identifié comme étant celui d'une plaisancière disparue aux larges des Glénan en 1982, et rejeté par la mer dans une partie escarpée de la côte.

Les parents de Céline étaient depuis retournés dans le silence, enfermés dans leur maison de la banlieue parisienne où ils savent désormais que Céline ne reviendra probablement jamais.

Le crime de la plage du Moulin-Blanc, découvert par des promeneurs le 14 mai dernier, va-t-il permettre de relancer l'enquête ? C'est en tout cas ce qu'espèrent les parents de Céline, par la voix de leur avocat maître Brieuc.

On se souvient que le dimanche 14 mai dernier, une aide-soignante de quarante-neuf ans, Pauline Pirès, a été poignardée et égorgée au Moulin-Blanc, près de Brest. Ce crime brutal et précis, commis sans mobile évident tant la victime était appréciée de tous, serait selon les enquêteurs de la gendarmerie du Relecq-Kerhuon l'œuvre d'un tueur ayant déjà commis d'autres crimes. On sait que cette partie de la plage est un lieu fréquenté par les toxicomanes et les marginaux. C'est dans cette direction que maître Brieuc souhaite voir s'orienter désormais l'enquête sur la disparition encore inexpliquée de Céline Boulher.

*

L'éclaireur de Brest - vendredi 10 avril 1992

Le crime du Moulin-Blanc peut-être élucidé. Et Céline ?

L'enquête menée par le maréchal des logis-chef Jean-Yves Abidall, de la gendarmerie du Relecq-Kerhuon, est sans doute sur le point d'aboutir après des années de traque, avec l'arrestation à Strasbourg d'un marginal, Francis Heaulme, qui a avoué le meurtre de l'aide-soignante au cours d'une audition le 7 janvier dernier (voir nos éditions). Les premiers éléments recueillis depuis laissent entendre que Francis Heaulme, âgé de

33 ans aujourd'hui, pourrait être à l'origine de plusieurs crimes non élucidés, commis depuis des années à travers tout le pays.

Rien cependant ne permet de le relier à la disparition de Céline Boulher en 1979. Âgé de seulement vingt ans à l'époque, Heaulme vivait chez ses parents en Meurthe et Moselle et n'avait pas commencé son périple meurtrier. Il n'aurait commis son premier crime qu'en novembre 1984, quelques semaines après la mort de sa mère, en assassinant une adolescente de 17 ans près de Pont-à-Mousson. Le mode opératoire se révèle par ailleurs de nature très différente et laisse les enquêteurs extrêmement sceptiques. Rien ne rapproche les deux affaires en dehors de la localisation géographique, et la mystérieuse disparition de Céline Boulher demeure toujours inexpliquée.

*

Ouest République - lundi 19 juillet 2004

Faits divers - Moi Céline, disparue depuis 25 ans

Céline Boulher a disparu le 18 juillet 1979 au cours d'une promenade et les enquêteurs cherchent toujours une piste sérieuse. Elle a été enlevée un jour de plein été, à quelques centaines de mètres de la maison familiale où elle était attendue pour déjeuner. Vingt-cinq ans après, sa disparition reste un mystère. Malgré d'intenses recherches, la jeune fille aux cheveux clairs n'a jamais plus donné signe de vie.

« Il n'y a pas risque de prescription, a indiqué samedi le procureur de la République de Brest, le délai

est reporté à chaque acte de procédure ».

Pourtant un quart de siècle plus tard, les enquêteurs ne disposent toujours pas d'hypothèses sérieuses malgré les dizaines de témoignages et l'abandon de plusieurs pistes.

En 1995, un portrait scientifiquement vieilli de la jeune femme a été diffusé en même temps qu'un numéro vert d'appel. En vain. Des centaines d'affichettes ont été apposées dans les lieux publics et les magasins, la « cellule Céline », toujours active, a entassé des tonnes d'auditions et de procès-verbaux et continué de vérifier chaque témoignage, réussissant parfois à faire renaître brièvement l'espoir. Comme en 1986 lorsqu'a été retrouvé le corps d'une plaisancière disparue au large des Glénan. Ou en 1992 lors de l'enquête sur le crime du Moulin-Blanc pour lequel Francis Heaulme a été condamné le 28 janvier 1994 par la cour d'assises du Finistère. Fausses pistes. L'hypothèse du tueur en série Michel Fourniret a été évoquée un temps. Lui aussi a sévi en Bretagne, à Rezé, près de Nantes, mais elle a été « totalement écartée » selon le Parquet.

Sept magistrats instructeurs se sont succédé, le lieutenant-colonel Raymond Varet, qui commandait la section de recherches en 1979, a pris sa retraite, son successeur est parti à son tour.

Pendant ce temps, les parents de Céline se sont enfermés dans leur souffrance, ravivée à chaque nouvelle disparition. Eux aussi ont été soupçonnés, leurs emplois du temps ont été contrôlés, leurs appels téléphoniques enregistrés. Ils n'en veulent à personne et se disent seulement meurtris par le manque de communication des magistrats. Ils ne correspondent plus que par l'intermédiaire de leur avocat et restent cloîtrés dans leur pavillon d'Aulnay-sous-Bois, au milieu des souvenirs. La mère refuse tout contact, elle est persuadée que sa fille ne souffre plus désormais, là où elle est… Le père, Charles Boulher, continue d'espérer. Il veut savoir la vérité, il cite l'exemple de Natascha Kampusch, une jeune autrichienne qui a réussi à échapper à son ravisseur huit ans après son enlèvement, ou des trois jeunes femmes de Cleveland retrouvées vivantes après plus de dix années d'enfermement par leurs ravisseurs. Il compte sur le seul témoin des faits, le voisin qui accompagnait Céline au moment de sa disparition. Le jeune homme a vieilli, il est devenu officier de police. Le commissaire Nazer Baron conserve, dit-on, dans la bibliothèque de son bureau, le dernier portrait de Céline, celui d'une jeune femme au printemps de sa vie, debout sur la margelle d'un lavoir éclaboussé par le soleil de juillet. Elle rit. Avant de disparaître.

II

D'une pression des bras sur les accoudoirs, le commissaire Baron propulsa ses épaules contre le dossier du fauteuil profond dans lequel il s'était lové comme un chat, après avoir longtemps feuilleté le dossier de presse qu'il avait ressorti. Une averse de grêle avait noyé les quais vingt minutes plus tôt, agaçant les carreaux, faisant ressembler Le Croisic à n'importe quel port noyé sous le déluge, hors saison estivale. Un désert aquatique…

Baron s'était perdu dans le fracas de l'ondée, il aurait aimé marcher sous la pluie en direction du môle dans une promenade sans but, saluer au passage la statue d'Hervé Rielle, cramponné à son gouvernail de marbre sur son socle de la place d'Armes. L'averse n'avait pas duré, à peine le temps de nettoyer les rues avant qu'un pâle soleil ne revienne éclairer les pavés.

Baron avait repris sa lecture, impatient à l'idée de pouvoir peut-être refermer la case de l'enlèvement de

Céline après trente-cinq années de recherche. William ne lui avait pourtant pas dit grand-chose, du nouveau dans l'affaire Boulher, un témoignage dont on ne savait pas encore quel crédit lui accorder. N'empêche, un témoignage qui justifiait une rencontre en urgence…

Baron pencha la tête, distrait par les souvenirs. Tout cela remontait à une époque dont on ne se rappelait plus.

1979…

L'année de *Breakfast in America* et la Palme d'Or pour *Apocalypse Now*. La fuite du Shah d'Iran chassé par les mollahs, Thatcher à Downing Street, les troupes soviétiques prisonnières du piège afghan, l'affaire des diamants de Bokassa, un ministre qui se suicide par noyade dans trente centimètres d'eau…

Mohammad Reza Pahlavi était mort, la Dame de Fer aussi, l'Union Soviétique s'était effondrée comme un château de cartes, Bokassa n'existait plus. Un autre monde…

La terre tournait toujours.

Baron n'avait pas oublié Céline. Disparue. Ni la chaleur lourde de ce jour-là, ni l'image qui s'était imposée ensuite dans ses cauchemars, l'ombre d'une silhouette avant d'atteindre la route, la sensation, réelle ou imaginée, d'avoir été épié… les bruits dans leur sillage lorsqu'ils longeaient le cours d'eau sous les marronniers… et la frayeur, intense, abjecte, lorsque l'homme l'avait frappé. Il l'avait vu en un éclair… oublié… retrouvé…

Le temps avait dilué les apparitions, Baron avait fouetté beaucoup d'autres chats, l'idée de résoudre l'énigme et d'y coller un nom n'en restait pas moins bien réelle.

Trente-cinq années plus tard…

Le dossier de presse était étalé sur le parquet, il posa sur le dessus de la pile le numéro spécial qu'il venait de feuilleter et se leva pour marcher en boitant légèrement jusqu'au bow-window. Sa hanche le faisait souffrir, la blessure pas si ancienne profitait sournoisement des premières exhalaisons d'humidité pour se rappeler à son bon souvenir.

Il colla son front au carreau et demeura immobile, les mains glissées dans les poches de son pantalon. De l'étage, il avait une vue plongeante sur les chalutiers amarrés aux docks devant le bâtiment de la criée. Il faisait encore beau malgré l'heure, pas chaud mais beau. Les eaux du port, au travers des vitraux colorés, brillaient de teintes irisées qui gommaient les langues de fraîcheur soufflées par les courants du traict après l'averse de grêle. Des gens avaient repris leur promenade le long du quai du Port Charly en direction du môle, dans la lumière des boutiques qui s'éclairaient peu à peu.

Baron laissa s'écouler le temps en fixant le quai pour maintenir le vide dans sa tête. Un témoignage, avait dit Kalimanzaros. « On ne sait pas très bien encore… » Tellement d'années après, ce pouvait être n'importe quoi… Baron observa le ciel, cherchant dans les fibres de coton l'esquisse d'un panorama… L'automne frappait à la porte mais hésitait encore à entrer.

Il prolongea sa pause silencieuse le nez collé à la fenêtre, observant l'enfilade des cales, le long desquelles se balançaient doucement une multitude de coques bariolées. Des goélands promenaient fièrement leur bec hautain jusqu'à proximité de l'entrée des commerces, indifférents aux passants qui ne leur prêtaient pas davantage attention. Des manèges pour enfants étaient montés sur la place, à l'entrée du chenal, la grande roue ne tournait plus. Le tout baignait dans la lumière d'un soir qui hésitait encore entre ombre et clarté, dans une sorte d'éclairage teinté du bleu des fins de saison.

Céline Boulher, disparue brutalement trente-cinq années auparavant, il ne pouvait s'empêcher d'y penser…

Il se retourna. Les verrières teintaient les murs d'une mosaïque colorée, dessinant des arcs lumineux sur les panneaux de la bibliothèque à croisillons. Le meuble couvrait presque tout un mur, avec son lot d'éditions originales et de photos sous cadre.

Il se rapprocha pour saisir un ancien cliché, le portrait d'une jeune fille debout sur la margelle d'un lavoir. C'était lui-même qui avait confié l'anecdote au journaliste qui l'interviewait, par besoin de provoquer sans doute. L'espoir d'être lu par quelqu'un qui réagirait…

Le dernier portrait de Céline Boulher.

Baron hésitait entre colère et nostalgie. Tout le monde conserve des reliques et des papiers jaunis dans le fond de ses tiroirs, sans trop savoir pourquoi, les traces de quelque chose ou de quelqu'un, oubliées… Il suffit d'une odeur ou d'un bruit pour éprouver l'envie de les rechercher. Une tranche de vie concentrée dans une poussière de la mémoire.

Il remit le cadre à sa place, en partie caché derrière une statuette de bronze symbolisant Thémis, déesse grecque de la justice. Un cadeau du crétois Kalimanzaros qui n'allait justement plus tarder.

Il retourna à la fenêtre. Une voiture qu'il connaissait venait de passer dans la rue au ralenti, à la recherche d'un emplacement libre, et Baron sortit de ses songes pour jeter un œil aux aiguilles de l'horloge placée sur le bahut. Dix-neuf heures trente-cinq. Ils s'étaient mis d'accord pour dix-neuf heures trente.

La voiture se glissait dans un espace disponible à proximité de l'hôtel de ville et Baron quitta sans hâte le bow-window pour gagner le palier avant de descendre lentement les marches menant au rez-de-chaussée. Il longea le couloir, déverrouilla la porte et s'avança sur le trottoir, regard tourné sur sa gauche.

La maison était une construction du début du siècle précédent, un bâtiment étroit coincé entre deux immeubles plus élevés, sur trois niveaux, à la façade de brique et de moellon qui n'aurait pas dépareillé sur les quais de Cabourg. Une belle maison ancienne et qu'il avait pourtant hésité à conserver lorsqu'il en avait hérité. Le bow-window et ses vitraux originaux surmontés d'un petit balcon de bois au niveau du second étage, là où était installée la chambre, avec son fronton à clocheton, l'avait finalement convaincu.

William Kalimanzaros venait d'apparaître, longeant la devanture de la pharmacie voisine, en blouson de cuir et la peau toujours aussi mate, un sac de voyage accroché à l'épaule. Il avait prévu de passer la nuit au Croisic.

— Salut, Nazer !

*

— Mes respects, Monsieur le Procureur général.

D'une main ample, maître Ferdiger déposa le combiné téléphonique sur son socle, mettant un terme à la brève conversation qu'il venait d'avoir, et laissa son dos de bouledogue musculeux se renverser contre le dossier de son siège.

L'affaire était donc entendue, le commissaire Baron recevait en ce moment même instruction de rencontrer son client dès lundi et de procéder aux investigations nécessaires, sous commission rogatoire délivrée par le juge Malika Cergi, septième ou huitième magistrat instructeur chargé du dossier depuis l'enlèvement et la disparition de Céline Boulher.

Satisfait, l'avocat ouvrit le tiroir supérieur de son bureau, ramena une petite boîte jaune et noire et s'autorisa un Villiger Kiel.

Il avait été le premier surpris lorsque Tanneau lui avait mis le marché en main. Son client n'était pas un tueur, plutôt un petit malfrat constamment à la remorque. Qu'il ait été mêlé à l'enlèvement et à la disparition d'une gamine trente-cinq ans auparavant avait d'abord laissé maître Ferdiger sceptique. L'homme n'avait pas le profil. Il l'avait pourtant convaincu, à force de détails que seul un témoin présent sur les lieux était réellement en mesure de fournir, Tanneau n'inventait pas.

Tout en s'efforçant de dessiner des ronds de fumée qu'il soufflait en direction du plafond, l'avocat songea qu'il devait désormais passer le message à son client. Il décida de s'en occuper dès la première heure le lendemain.

*

— Tu as feuilleté ton dossier de presse[2] ?

Kalimanzaros considérait les feuillets étalés sur le parquet.

— Pour me le remettre en mémoire, confessa Baron en soulevant un flacon de Finlaggan…

Il approcha deux verres et reposa le bouchon sur la carafe de cristal taillé après avoir servi, marquant une pause, une main serrée sur le cabochon à facettes, l'autre passant sur son visage. Une légère moiteur baignait ses cheveux. Trente-cinq ans après… il voulait y croire. Toujours le même espoir.

— Tu as des nouvelles des parents ? s'inquiéta encore Kalimanzaros.

Baron tourna des yeux sombres vers son compagnon. Ils s'étaient installés dans le bureau, à l'étage, et Kali s'était accordé deux minutes silencieuses à observer les quais avant de se retourner. Il se frottait les mains doucement sur un savon imaginaire, il avait besoin de se détendre, la route l'avait fatigué. Bientôt ce serait la nuit, le traict se couvrait d'un édredon bleuté.

— De Charles, de temps à autre, répondit distraitement Baron, il m'appelle pour les fêtes… Il espère toujours.

Kali opina du chef, lentement, apparemment peu convaincu.

— L'espoir est le dernier à mourir… dit-il.

C'était un échec collectif. Baron avait promis aux parents de chercher, sans doute les avait-il déçus…

Kalimanzaros semblait réfléchir, ayant terminé de se frictionner les paumes, puis se décida à pêcher dans la poche de son blouson, accroché à un dossier

2. *Voir* Retour de flammes à Couëron, *même auteur, même collection.*

de fauteuil, le tirage en noir et blanc d'un visage. Il y jeta un coup d'œil pour se le remettre en mémoire avant de le tendre.

— Il s'appelle Jean-Louis Tanneau, dit-il, il est incarcéré au centre de Lorient pour un braquage.

Baron s'était emparé du cliché. Faciès commun, cheveux courts et largement clairsemés, figure ronde marquée par la couperose, taie à l'œil. Proche de la soixantaine. Il lui arrivait d'oublier des noms, rarement un visage.

— Physique fatigué, observa-t-il.

— Ça te dit quelque chose ?

— Rien…

L'homme avait un cou ridé, plissé comme le visage, un front fuyant, des lèvres avalées par un rictus tendu. Parfaitement déplaisant. Comme le sont tous les portraits anthropométriques, au-dessus de l'ardoise numérotée. Le col était ouvert, le teint légèrement cireux.

Baron formula sa pensée :

— C'est lui ?

— C'est lui… opina tranquillement Kalimanzaros. Il prétend avoir fait partie de l'équipe.

— L'équipe ?

— Ils étaient deux. Ça reste un peu flou…

Il hocha la tête en méditant, avant d'ébaucher un signe en direction du dossier d'archives étalé par terre.

— Tanneau n'a pas le profil, formula-t-il avec des accents hésitants, il a plutôt l'allure d'un combinard spécialisé dans les plans foireux…

— Braquage quand même, nota Baron en tendant un verre, attentif.

— En solitaire. Son arme n'était même pas chargée. Petits trafics, agressions… Juste un débrouillard qui n'a rien à faire dans une histoire de rapt.

— Comment l'avez-vous trouvé ?

— Par son avocat… Le type est en phase terminale de cancer.

— Il va mourir ?

— Avant Noël, probablement.

Baron eut un geste, une sorte de balayage du tranchant de la main.

Le geste d'un homme libéré par la résolution du problème qui l'ennuyait.

— Il veut juste nettoyer les écuries avant le grand voyage ?

— Va savoir, prononça Kali, débonnaire, en étirant les lèvres.

Il prit le temps d'une gorgée de Finlaggan, la tête penchée dans une attitude familière. Il en avait vu d'autres. Le remords est un rongeur extrêmement tenace.

Ils étaient restés debout, face à face au milieu de la pièce.

— *Les morts furent jugés conformément à leurs œuvres*… cita doctement Baron.

— Je ne suis pas certain que Saint Jean y soit pour quelque chose, répartit calmement Kalimanzaros. La réalité est plus prosaïque. Tanneau a encore deux ans à tirer et il ne tiendra simplement pas jusque-là. Son avocat a déposé une demande de libération conditionnelle pour raisons médicales. Le JAP[3] est d'accord, Tanneau va sortir, mais pas tout de suite.

---

3. *Jude d'Application des Peines.*

Le soleil était tombé à la mer, l'obscurité se faisait plus dense. Baron comprima la poire de la lampe posée sur son bureau.

— Parce que ?

— Il est récidiviste, le temps d'épreuve ne se terminera que dans quelques semaines et le JAP signera la libération seulement à ce moment-là.

— Tanneau sera mort.

— Quelques semaines dans son cas, ça peut s'appeler l'éternité.

— Donc… ?

— Il met l'affaire Boulher dans la balance. Il a lu ton nom dans *Ouest République* il y a dix ans, il l'a retenu. Il veut te parler de Céline.

— Il sait ce qu'elle est devenue ?

Kali observa un temps les reflets de la lampe jouant à la surface de son verre, il releva finalement les yeux :

— Il affirme qu'ils étaient deux, Tanneau conduisait simplement la camionnette qu'on n'a jamais retrouvée. Il est reparti ensuite.

L'information déconcerta Baron, Kalimanzaros le vit froncer des sourcils lourdement dubitatifs. Il s'y attendait, il devinait le cheminement des pensées, il en connaissait la conclusion.

Il y eut un silence. Baron regardait au loin, des lumières s'allumaient de-ci, de-là, en direction de la criée où des lueurs irisées tremblotaient dans les nappes grasses du chenal. Il visa finalement un fauteuil, s'y posa avec précaution.

— Il a déposé Céline quelque part et il est reparti aussitôt ?

— C'est ce qu'il prétend.

— Et pourquoi moi ? dit-il enfin.

— Tu étais le seul témoin et tu es devenu commissaire.

— Il a mémorisé mon nom…

— En imaginant que ça pourrait lui servir.

— Compliqué, non ?

Il eut un geste balayant les détails.

— Tanneau prétend n'avoir fait que conduire ? Pour aller où ?

— Il ne l'a pas dit.

— Qui était avec lui ?

Kalimanzaros ne répondit pas. Il s'était glissé dans le second siège et croisait les jambes d'un mouvement ample, avant de rectifier tranquillement le pli de son pantalon.

— Il était juste payé pour conduire, dit-il enfin, ensuite il est rentré chez lui. À Paris, porte de Pantin. Il ne sait pas pourquoi Céline a été enlevée.

— Il ne sait pas grand-chose.

— Il sait où il l'a emmenée et où est la camionnette. Un bon début… Il est prêt à te le dire, ensuite il sort de tôle et alors seulement il donnera un nom. À nous de remonter la filière.

— Parce que ces types ont pris le soin de garder la voiture ? raisonna Baron après un instant.

— Ils ont pris la précaution de la faire disparaître, tempéra tranquillement Kali. Dans une grotte ou au fond d'un lac… ou jetée à la mer, je ne sais pas. Elle n'a pas été détruite.

— Tanneau ne connaissait pas Céline ?

— Non. C'était un contrat.

— Il avait été recruté pour ça ?

— Le rapt de Céline était programmé.

— Depuis Paris ?

— Paris ou ailleurs. Je te dis que le rapt était programmé, pas forcément la disparition, on lui avait parlé d'une histoire de divorce et de garde d'enfant. Tanneau n'a découvert la réalité que plus tard et il a pris peur.

Un silence pesant les enveloppa, que Baron ne chercha pas à rompre. Il ne regardait pas Kalimanzaros, ni le ciel qui perdait ses teintes derrière les croisillons du bow-window, ni les murs qui les enfermaient. Il pensait à Charles Boulher qui s'était invité brusquement dans la conversation, à la promesse qu'il lui avait faite.

Il ne devait surtout pas lui en parler tout de suite.

Il souleva le bras pour vider son verre d'une lampée.

— Tanneau peut sortir dans quelques semaines et personne ne s'y opposera, insista finalement Kali. Il sera mort avant que le juge ait eu le temps de rédiger une ordonnance de renvoi, il veut parler contre le droit de mourir dans un lit.

— Juste ça ?

— Juste ça.

La main de Baron s'était allongée en direction de la carafe, ses yeux, dans le mouvement, avaient accroché le portrait encadré de la jeune fille. Kali avait suivi son regard.

— Elle faisait nettement plus que son âge, dit-il.

Il avait raison.

— J'attendais autre chose… murmura Baron.

*

Un fanal oscillait dans le vent mou de l'autre côté du chenal, nimbé par une brume de mer qui ternissait son éclat, sa lumière rebondissait sur la surface immobile des eaux avant de se perdre du côté de la criée. Plus rien ne bougeait sur le quai, maintenant que le véhicule qui avait attiré l'attention de Baron avait disparu à l'angle de la ruelle.

Il laissa retomber le rideau masquant le bow-window et revint vers son bureau, où il reprit place dans le halo de la grosse lampe. La maison n'émettait pas le moindre bruit, Kali dormait dans la chambre d'amis du rez-de-chaussée et Odile au second étage. Elle était arrivée vers vingt heures et ils avaient dîné tous les trois, prolongeant la soirée jusque tard dans la nuit. Baron n'avait pas mis longtemps avant de se relever, tracassé. Il avait trouvé ce qu'il cherchait, de vieilles photos entassées dans une boîte, classées dans des pochettes anciennes avec leurs négatifs. Il était certain de n'avoir pas pris que le cliché du lavoir ce jour-là, il en avait pris d'autres, deux ou trois autres sur le chemin des marronniers, moins beaux parce que les feuillages jetaient des taches d'ombre et qu'on distinguait mal les traits.

Septembre 1979. La date du tirage était imprimée au verso. Deux instantanés de Céline longeant le cours d'eau, cheveux au vent.

Il les fixa un long moment avec la lucidité de n'avoir jamais examiné ces portraits avec ce regard-là, il ne les avait vus qu'avec sa conscience de gamin, Céline n'était qu'une petite fille, une jeune fille, pas davantage…

Kali avait raison. Elle faisait beaucoup plus que son âge. Elle portait une robe ce jour-là, qui dessinait une silhouette de femme, avec un petit sac de toile accroché à l'épaule. Elle marchait les jambes nues en chevauchant la butte herbeuse marquant le milieu du chemin, elle souriait en regardant ailleurs…

Ils avaient atteint le lavoir, ils s'y étaient attardés, l'heure tournait, il fallait rentrer… Par la ferme Le Marrec, ils avaient regagné la route… et Céline avait disparu.

Baron se massa longuement les paupières en s'interrogeant, toujours dubitatif. Il conserva les yeux fermés, ses pensées se firent plus vagues. Et si c'était vrai que Jean-Louis Tanneau s'était effectivement trouvé au volant de la camionnette blanche ce jour-là et à cet endroit-là. Ils s'étaient donc croisés trente-cinq ans auparavant… Il rouvrit brièvement les yeux, les ferma à nouveau, harassé. Le visage de Céline était là mais il manquait de couleurs, les cheveux étaient gris, les yeux privés d'éclat. Peut-être qu'elle voulait lui dire quelque chose, il essaya de nouer un contact, chercha dans son rêve des réponses qui ne vinrent pas…

Il se ressaisit dans un geste réflexe, il avait failli tomber de son fauteuil, il s'était endormi pour de bon.

III

L'homme s'appelait François Traon, de la branche des Traon de Plounéventer, un village pas très éloigné du lieu où Baron venait d'arriver.

C'était dans ce hameau que l'homme avait grandi dans les dernières années du XIXe siècle, c'était là qu'il avait suivi quelques études avant d'entamer une existence paisible d'ouvrier agricole. Là qu'il avait pensé fonder une famille et qui sait, un jour, acquérir ses propres terres.

La vie de François Traon avait basculé le 3 août 1914, comme celle de millions d'autres à travers une planète qui courait à la catastrophe. Il n'avait pas vingt ans et son univers ne dépassait guère les rives de l'*Élorn*. Deux mois auparavant, il ne savait même pas que Sarajevo existait. Brest et Paris, oui, Berlin sans doute, il en avait entendu parler... Mais Dixmude, Verdun... Il ne savait pas.

Matricule 19268 incorporé au premier régiment de Zouaves en décembre. Quarante-neuf mois de campagne dans la boue et le sang, quarante-neuf mois au sein de régiments bretons, chair à canon républicaine des premières lignes. Grièvement blessé en 1915 près d'Amiens, puis en mai 1917, une troisième fois le 21 juillet 1918. François Traon était invalide de guerre à sa démobilisation, le 9 septembre 1919. Il avait survécu, le corps criblé d'éclats d'obus, une balle logée trop près de la colonne vertébrale pour pouvoir être extraite, et la vue gravement diminuée.

Baron engagea sa voiture sur le terre-plein de la maison d'en face et coupa le moteur, restant un long moment assis au volant pour observer. Le cadre avait changé, la nature avait tout transformé, il avait découvert sur la route un tas de bâtiments nouveaux et de constructions posées sur des pelouses qui n'étaient que des champs autrefois.

Septembre 1919… Le Poilu disloqué du bataillon des Zouaves était rentré au pays, marqué à jamais dans son esprit et dans sa chair et incapable de retravailler la terre au quotidien. Invalide de guerre, François Traon bénéficiait d'un emploi réservé dans l'administration, il avait alors rêvé de la grande ville voisine, de l'Arsenal et d'une vie honorable gagnée au prix de souffrances cauchemardesques. Il pensait l'avoir méritée mais sans doute n'avait-il pas encore acquitté un péage suffisant à la république jacobine.

Après Douaumont et le Chemin des Dames, c'était les valises de l'émigration qu'il avait dû porter. C'était l'époque. On assimilait et on lui avait bien trouvé un poste, concierge dans un ministère parisien. À dix heures de train de sa terre et de sa langue natales, loin de sa famille, loin de ses amis. Moins en danger que sous la mitraille allemande mais isolé tout de même. C'était là qu'il avait vécu sa deuxième guerre mondiale en moins d'un quart de siècle. Il n'était rentré pour la seconde fois que beaucoup plus tard, à l'automne de son existence, retiré dans une petite maison plantée dans la campagne, au milieu des calvaires. Il n'avait pas oublié la langue de sa mère mais il était déjà un vieil homme. C'était là que Baron l'avait connu, là qu'il avait passé une partie de ses vacances d'enfant à courir les fermes alentour, à pédaler dans les chemins, dormant dans le grenier aménagé en dortoir pour les petits-enfants. Comme Céline Boulher dans une maison voisine.

Il sortit de sa voiture, traversa la chaussée pour se rapprocher du grillage qui cernait le jardin. Le puits était toujours là, au milieu d'un parterre de fleurs. La remise accolée au bâtiment avait été réaménagée en extension reliée à la partie habitation, le mur de façade avait toujours le même crépi grisâtre.

Les seuls souvenirs que conservait Baron étaient la chaleur lourde de cet été-là, les marronniers le long du cours d'eau qu'ils avaient longé, le lavoir cerné de pierres plates où ils s'étaient rendus. Baron avait pris une dernière photo de la jeune fille et ils avaient décidé de rentrer par le chemin de la ferme Le Marrec. Ensuite…

On lui avait raconté ce qu'il s'était passé ensuite. Inquiet de ne pas le voir arriver, son grand-père avait lancé les recherches. Il avait été récupéré hagard, désorienté, errant à proximité de la route, le visage gonflé par le violent coup qui l'avait assommé. On n'avait retrouvé aucune trace de Céline.

Le dossier sommeillait maintenant sur une étagère poussiéreuse du pôle d'instruction brestois. François Traon était décédé depuis longtemps, la maison avait été vendue, Charles Boulher, le père de Céline, avait plus de soixante-quinze ans et espérait encore.

Baron tourna sur lui-même, cherchant à faire remonter les odeurs et les sensations. L'arrêt de car le long de la route, de gros véhicules que l'on entendait venir de loin au bruit de leur diesel, les flancs marqués d'une publicité dont il se souvenait encore, les *Meubles Richou.* Une fois par an, les concurrents d'une course cycliste passaient à dix ou quinze reprises devant la maison et tous les paysans du coin se massaient au carrefour pour les applaudir. Et il y avait le chaos de rochers fantastiques du Huelgoat… Le bloc du crapaud à la plage de Brignogan… Le festival des cornemuses…

Baron s'engagea sur le chemin désormais bitumé, marchant sur les traces de Céline. On était en juillet, ils avaient ce matin-là décidé de parcourir la campagne jusqu'au lavoir en suivant le cours d'eau à l'ombre des marronniers, laissant la ferme Balou derrière eux, franchissant les haies jusqu'au carré de champ où venaient les vieilles du hameau, celles qui n'avaient pas encore de machine et qui battaient le linge, à genoux dans leur caisson de bois, la tête couverte d'un chapeau de paille.

Comment faisaient-elles en hiver ? Il ne venait que l'été, pour les vacances, il suivait sa grand-mère qui poussait sa brouette de bois chargée de linge sur un bon kilomètre avant d'atteindre le lavoir…

Il retrouva l'allée ombragée malgré les métamorphoses de la nature, mais il eut beau chercher, il ne parvint pas à resituer l'emplacement du lavoir qui avait dû disparaître, démoli ou enfoui sous les broussailles parce que devenu inutile. Il y était tombé un jour, tout gosse, c'était un oncle qui l'avait repêché.

Céline était montée sur la margelle ce jour-là, elle riait de plaisir au murmure de l'eau fraîche suintant entre les pierres, elle y avait trempé la main pour s'asperger le visage rougi par la chaleur intense écrasant les prairies. Il l'avait photographiée avec son Instamatic de gamin dont il fallait remonter la pellicule à l'aide d'une molette crantée. Il l'avait bien cadrée dans son viseur, elle le regardait, le front ombré par ses mèches blondes sur lesquelles fondaient les rayons d'un soleil très haut dans l'azur.

— Ne bouge pas!

Elle le faisait exprès, elle lui tirait la langue en sautant sur ses pieds nus dans des sandales, et lui s'énervait.

— Je m'en vais!

Il avait feint de partir en courant mais elle n'avait pas marché dans sa combine, il faisait bien trop chaud pour songer à se poursuivre.

— Vas-y…

Il avait pris le cliché et jamais plus Céline n'avait été photographiée. Kali avait raison, elle n'était plus une petite fille depuis longtemps. Sa robe dessinait des formes auxquelles il n'avait pas vraiment prêté attention, il était resté dans ses souvenirs d'adolescent mais Céline n'en était plus une. Il avait cherché pendant des années le détail qui aurait pu lui échapper et celui-là en était un, qu'il avait conservé sous les yeux sans jamais le formuler. Céline n'était plus une enfant.

Baron abandonna ses fouilles dans la végétation et s'orienta pour repérer la voie qu'ils avaient suivie.

Ils avaient décidé de rentrer, Céline s'était inquiétée après avoir consulté sa montre, il était sûrement l'heure de déjeuner, on allait les attendre et pour faire plus vite, ils avaient emprunté le chemin de la ferme Le Marrec qui menait à la route, il suffisait de tourner ensuite, cinq cents mètres à peine à parcourir avant d'atteindre le lieu-dit.

C'était à proximité du carrefour qu'on avait retrouvé Baron hébété, tuméfié et amnésique. Céline n'était plus là et personne, jamais, n'avait plus entendu parler d'elle.

Il ne s'en était pas souvenu tout de suite, c'était dans ses cauchemars que l'image s'était imposée, cette ombre sous les arbres, cette sensation d'avoir été suivis…

Il resta planté là, à la jonction des voies. Oui, il était possible de dissimuler une voiture derrière ces haies et d'attendre dans l'ombre.

Il n'avait qu'un souvenir imprécis de ce qu'il s'était passé après l'enlèvement. L'enquête n'avait rien donné, les années s'étaient écoulées sans que la moindre trace de Céline ait pu être découverte. Il y avait eu des moments d'espoir déçu. On lui avait raconté que la mère, un beau jour, avait cessé de remuer ciel et terre et qu'elle s'était comme enfermée pour plonger dans une méditation dont elle sortait rarement. Sa fille ne souffrait pas là où elle se trouvait, il était inutile de chercher à la revoir, ce serait pour plus tard, bien plus tard. Elle fréquentait l'église et Charles Boulher, malgré tous ses efforts, n'était jamais parvenu à la ramener à un semblant de lucidité. Elle n'était pas folle, c'était comme si elle savait. Elle savait quoi ? Que Céline était morte et qu'il existe un Dieu, probablement. Un Dieu de miséricorde.

Baron longea la route pour revenir à son point de départ. Il n'avait croisé personne et n'éprouvait pas l'envie de frapper aux portes, tous les témoins de l'époque avaient vraisemblablement disparu et de toute façon, ils n'avaient rien vu.

Il se remit au volant et prit la direction du pont de l'Iroise.

*

La porte se referma avec un claquement sec dans le dos du prisonnier et ils se retrouvèrent seuls, pour un temps d'observation silencieux à travers l'espace. Baron était assis à la table de bois nue, légèrement écarté pour pouvoir croiser ses longues jambes sans être gêné par le plateau, les bras mêlés, le visage dénué de la moindre expression. Il regardait Tanneau, sexagénaire de petite taille au visage émacié, aux cheveux rares et aux yeux tombants. L'homme paraissait malade en effet, il glissait sur le sol sans soulever les pieds, le souffle court dans les narines pincées, le geste fébrile.

— Vous êtes le commissaire Baron ? J'ai vu votre photo dans un reportage, mais c'est loin…

— C'est moi.

Ils demeurèrent muets l'un comme l'autre. Ils se jaugeaient, le double condamné par la justice et par la science qui se savait en sursis, et le flic ombrageux qui ne s'obligeait à aucun effort. Il avait lu le dossier de Tanneau, enfance bretonne, premiers larcins, plongée dans les labyrinthes franciliens, petits trafics, première condamnation ferme, spirale, agressions, braquages… Ni femme ni enfant. Parents décédés. Il lui restait juste une sœur et la perspective d'un combat perdu contre le crabe. Il n'y aurait pas grand monde pour déposer des chrysanthèmes.

— Vous avez des choses à me dire ? souffla enfin Baron.

Tanneau s'avança à pas chassés, considéra la chaise avant de s'y asseoir comme s'il craignait de la voir s'écrouler.

— J'ai de plus en plus de mal à bouger, haleta-t-il en se posant enfin.

Il étala ses avant-bras sur la table pour s'appuyer, expira longuement en observant ses doigts aux articulations épaisses.

— On vous a dit ? Pas plus de six mois… Il faudra faire vite…

— De quoi voulez-vous me parler ?

Il releva la tête :

— J'ai lu un article sur la disparition de Céline Boulher, le journaliste disait que vous étiez le gamin qui l'accompagnait et que vous étiez devenu commissaire, j'ai retenu votre nom.

— Pourquoi ?

— Parce que j'y étais.

Il n'était pas facile à écouter, son besoin de soupirer entre les phrases donnait envie de se taire pour ne pas relancer la conversation. Baron s'accorda du temps en décroisant les jambes.

— Pourquoi je vous croirais ?

— Je peux le prouver.

— Comment ?

— Je sais des choses.

— Il y a eu des dizaines d'articles.
— Des choses qui n'ont jamais été écrites.
— Comme ?
Il secoua douloureusement la tête.
— Vous voulez toujours la retrouver ?
— N'inversez pas les rôles, Tanneau.
— Mais je suis bien obligé de vous faire confiance. Je veux votre parole.
— Je ne suis pas juge.
— Votre parole d'approuver ma libération conditionnelle.
— Je vous écoute.
— Je n'étais pas seul, je vous dis où Céline a été emmenée et où se trouve la voiture, ensuite je sors d'ici et alors je vous livrerai un nom.
— Combien étiez-vous ?
— Deux.
— Qui étaient les commanditaires ?
— Je ne sais pas. Nous sommes allés dans une propriété.
Baron se rapprocha.
— C'était prémédité ?
— Depuis plusieurs jours.
— Vous connaissiez Céline ?
— Non… J'ai été contacté par quelqu'un qui cherchait simplement un chauffeur familier de la région, j'ai grandi dans le Finistère…
— Quelqu'un que vous fréquentiez ?
— Ne cherchez pas, Commissaire.
— Quand ?
— Le dimanche précédent.
— Trois jours avant… Pourquoi a-t-elle été enlevée ?
— Je n'en sais rien.

— Vous étiez payé ?

— Pour conduire. Seulement pour ça.

— Vous n'étiez pas curieux.

— J'avais besoin d'argent et on m'a raconté des histoires.

— Lesquelles ?

— Un divorce, un problème de garde… Un père qui voulait récupérer sa fille. J'ai compris quand il était trop tard.

Il avait une taie à l'œil, un point gênant à regarder, mais il ne baissait pas le regard.

— Racontez-moi, articula Baron.

— Je devais voler une voiture et me tenir prêt, j'ai dormi la nuit précédente dans un hôtel en face de la gare, à Morlaix.

— Et la camionnette ?

— Une Acadiane piquée à Montreuil, devant un chantier près du parc des Beaumonts, deux jours avant.

— Le 16 ?

— Sans doute.

— On vérifiera. Et puis on vous a prévenu que c'était le jour… Qu'avez-vous fait ?

— J'étais attendu, on m'a dit de me garer derrière la haie, au croisement de la route, et de rester au volant prêt à partir. Je n'ai pas bougé pendant près d'une heure, l'autre m'avait laissé.

— Le même qui vous avait recruté ?

— Oui…

— Où était-il ?

— J'ai pensé qu'il surveillait la petite, il a dû vous suivre dans le chemin. Il attendait l'instant propice.

— Il ne pouvait pas savoir que nous passerions par là.

— Je suis certain qu'il vous suivait, il m'a prévenu dans le talkie-walkie, il m'a dit de me tenir prêt, et puis j'ai entendu la portière arrière, il m'a hurlé de démarrer. Alors j'ai foncé. J'ai su après qu'il s'était débarrassé de vous en vous frappant.

— Pourquoi je vous croirais ? répéta Baron.

— Je vous ai aperçu en passant.

Il subsistait une lueur dans ses yeux, comme une demande ou un appel à l'aide.

— Dites-moi…

— Vous portiez une sorte de bermuda… un short long, je ne sais pas… de couleur crème, avec des poches…

Après l'affaire du canal[4], Baron avait épluché les archives des journaux, collecté les articles, analysé les commentaires en cherchant le détail qui lui ouvrirait les yeux. Il n'avait rien trouvé. Mais il ne se souvenait pas de cette précision, aucun chroniqueur n'en avait fait état. Lui-même n'était plus sûr de rien. Un bermuda… un short long… Oui, il lui semblait bien que c'était ce qu'il portait cet été-là… De couleur crème… Avec des poches… Il y avait glissé l'Instamatic après la photographie au lavoir… Oui, ce n'était pas impossible…

— Quoi encore ?

— Vous aviez des lunettes… Des verres au mercure. En tout cas quelque chose qui y ressemblait.

Le soleil au zénith… Il les avait ôtées pour mieux viser à l'instant de prendre son cliché…

— Où êtes-vous allé ?

— Vous me croyez ?… Un t-shirt clair, il me semble qu'il était blanc avec des rayures aux manches… Ça s'est passé très vite.

---

4. *Voir* Le canal des innocentes, *même auteur, même collection.*

— Où êtes-vous allé ?

— Près du Conquet. Votre parole…

— Vous l'avez. Où êtes-vous allé ?

Tanneau laissa filtrer un soupir épuisé. Ses doigts étaient agités d'un tremblement incoercible.

— Au nord du Conquet, du côté de Ploumoguer… J'avais un plan, près de la pointe de Corsen…

— Pourquoi là-bas ?

Une fin de terre arc-boutée face à l'horizon vide.

— Il y avait une villa au bord de la grève, articula péniblement Tanneau, je suis entré dans le parc et je me suis arrêté sans descendre de voiture, c'était les instructions.

— De qui ?

— De l'autre. J'ai entendu la portière arrière s'ouvrir, j'ai attendu et il est venu me donner mon enveloppe peu de temps après, je devais faire disparaître la camionnette.

— Où ?

— Dans une crique près de Brenterc'h, à la chapelle de Locméven, j'avais repéré les lieux la veille. J'ai roulé sur l'herbe jusqu'en haut de la falaise et j'ai poussé la voiture dans la mer, derrière le chaos de rochers.

— Vous êtes reparti à pied ?

— Il y avait une bicyclette dans le fourgon, j'ai pédalé jusqu'à Brest et j'ai pris le train.

— L'adresse de la villa ?

— Près de la plage de Porsmoguer, indiqua Tanneau, ça s'appelle *Le Hangar à bateaux*…

— Il y en a un ?

— Près du rivage, un bâtiment en pierre.

— Et après ?

— Je suis rentré à Paris. C'est par les journaux

que j'ai compris.

— Vous viviez là-bas ?

— À Pantin.

— Et vous avez compris quoi ?

— Que je m'étais fait avoir.

— Pourquoi ?

— J'ai vu le père à la télé, il a lancé un appel aux ravisseurs, il y avait un portrait de la fille dans tous les journaux…

— Et alors ?

— Ils se ressemblaient tellement.

Baron confirma à peine d'un clignement des yeux. Les enquêteurs y avaient songé dès les premiers instants, l'entourage est le premier soupçonné, les Boulher n'avaient pas échappé aux investigations. Emploi du temps, déplacements, téléphone… Charles Boulher était bien le père de Céline et le couple n'avait jamais engagé la moindre procédure de divorce. Boulher n'était sûrement pas le responsable de l'enlèvement de sa fille.

— Par qui vous êtes-vous fait avoir ?

— Après, Commissaire. Je veux sortir d'ici !

Baron marqua une nouvelle pause. La présence de Tanneau l'étouffait mais il ne partirait pas bredouille. *Le Hangar à bateaux* et la chapelle de Locméven… Il se laissa aller en arrière.

— Je veux un nom, dit-il.

— Vous l'aurez.

Il repoussa son siège.

— Laissez-moi du temps… Je reviendrai.

Il marcha jusqu'à la porte, cogna de son index replié.

— Très vite…

Il lui fallait deux heures pour gagner Ploumoguer.

IV

Le soleil avait entamé sa descente vers l'horizon, ses rayons illuminaient le pare-brise, obligeant à conserver une allure lente sur les voies étroites menant vers les falaises. Baron avait chaussé son nez de lunettes fumées et abaissé le pare-soleil, ce qui le contraignait à se tenir légèrement voûté pour conserver une vision suffisante. La route serpentait au travers de champs plantés d'éoliennes, il négociait des virages sans visibilité, tant la chaussée était étroite sur le serpent bitumeux courant à l'aplomb de la mer, il suivait la ligne de crête en cherchant le lieu-dit Kerargroaz.

Il avait obtenu les renseignements sans mal à la mairie de Ploumoguer. Première confirmation, la villa *Le Hangar à bateaux* existait bien, elle avait été bâtie en bord de grève à Porsmoguer, sur le vaste terrain cernant un ancien hangar à bateaux, quatre bonnes décennies auparavant. La secrétaire ignorait l'époque précise de sa construction, mais elle savait que le bâtiment avait été racheté seulement quelques années plus tôt par un couple de Brest, les Palvic, dont le mari était chirurgien à l'hôpital de la Cavale Blanche. Elle était par contre trop jeune pour se souvenir des propriétaires précédents.

Baron roulait doucement vers *Le Hangar à bateaux* en surveillant les abords de la route, guettant le carrefour qui devait l'amener devant les grilles. Madame Palvic était à la villa et avait accepté de le recevoir, elle lui avait indiqué le chemin.

Il finit par localiser le panneau du lieu-dit et s'engagea lentement dans le passage qui plongeait vers la mer, abordant un dernier virage en lacet avant de bifurquer sur sa gauche. *Aod Porz Moguer*. La route s'achevait en cul-de-sac dans la dune, avec de part et d'autre des places de stationnement en épi occupées alors par un unique véhicule. Baron longea la muraille avant de braquer en direction de la double grille de fer, presque à l'extrémité de la voie. La barrière était ouverte, madame Palvic l'attendait.

Il s'avança très lentement dans l'allée entre deux poteaux supportant des caméras de surveillance et le boîtier d'un digicode. Une boîte à lettres incrustée portait en lettres noires le nom des occupants. Il stoppa. L'accès dans cette partie du parc formait un arrondi sur la gauche, au travers d'un bosquet piqué de massifs dont l'épaisseur dissimulait la façade de l'habitation.

Le nom du *Hangar à bateaux* n'était pas indiqué, pourtant c'était sous ce nom que la villa était connue, le terrain avait été celui d'un ancien hangar dressé en sentinelle face à l'immensité marine. Un cul-de-sac assiégé par l'océan.

Baron reprit sa route et vint se garer devant le perron, sur un emplacement couvert par un épais tapis de gravillons blancs. De face, la villa présentait l'allure d'une belle construction massive à deux niveaux, grande et cossue mais sans signes ostentatoires. Une grosse propriété bourgeoise. Tout devait se passer derrière, face à l'océan.

Baron descendit de voiture au moment où s'ouvrait la porte extérieure et apparaissait la propriétaire qui le regarda approcher. La quarantaine fine, en pantalon et sweat-shirt ample, les cheveux blonds tirés en arrière et maintenus par une barrette dorée. Trop jeune pour avoir été de près ou de loin mêlée à une quelconque affaire criminelle trente-cinq ans plus tôt.

— Madame Palvic ? vérifia-t-il en marchant vers elle. Commissaire Baron.

Il ôta ses lunettes après lui avoir serré la main et pénétra dans le vestibule, empruntant un couloir derrière elle et s'avançant dans la pièce qu'elle lui désignait. Il ne s'était pas trompé. Orienté plein ouest, le salon recevait les derniers feux du soleil flirtant avec l'horizon, ouvert sur la baie de Porsmoguer dont la houle venait lécher le terrain en contrebas, avec, au-delà, la nappe bleue sur laquelle ballottaient deux chalutiers en route pour le port du Conquet, plus au sud. La terrasse était immense, dallée de pierre blanche et creusée sur son flanc gauche par une piscine de vingt mètres dont madame Palvic avait dû profiter dans l'après-midi, un maillot de bain séchait sur le dossier d'une chaise et une serviette rayée couvrait les lattes blanches d'un transat dirigé vers le fond du domaine.

Il se retourna en appréciant, sincère :

— La vue est extraordinaire.

Elle le remercia d'un battement de cils et lui désigna un siège.

— C'était le rêve de mon mari, commenta-t-elle sans passion, une grande maison en bord de mer.

Elle avait les bras croisés sur la poitrine.

— Un peu isolée, peut-être… L'hiver… Vous m'avez inquiétée, enchaîna-t-elle en cherchant à capter son regard. Que se passe-t-il ?

Depuis une demi-heure qu'il l'avait appelée, elle avait dû anticiper un drame, son monde avait volé en éclat. Il la considéra tranquillement.

— Je suis désolé, dit-il, tout aussi sincère, je n'ai simplement besoin que de quelques renseignements, je ne pense pas que vous puissiez être d'une quelconque manière concernée par ce qui m'amène ici.

— Et mon mari ?

— Quel âge a-t-il ?

— Quarante-deux ans, répondit-elle, surprise.

Il se cala paisiblement dans un fauteuil.

— Alors soyez rassurée.

Il croisa les jambes, attendant qu'elle se soit installée à son tour, genoux serrés en se tordant les mains.

— C'est votre maison qui m'intéresse, renseigna-t-il alors. Je voudrais que vous me parliez de l'histoire du *Hangar à bateaux*.

— Son histoire ?

— Ses différents propriétaires… Je m'occupe d'une affaire très ancienne. On m'a dit que la construction avait une quarantaine d'années. La villa portait déjà ce nom lorsque vous l'avez rachetée ?

— Oui.

Elle eut un coup de menton vers l'une des deux baies vitrées, tout en tripotant l'encolure de son sweat-shirt.

— Le bâtiment là-bas est un ancien abri pour bateaux, le nôtre y est remisé tout l'hiver.

Baron l'avait repéré. Et bien sûr ils avaient un bateau.

— À qui appartenait-elle avant vous ?

— À trois frères et sœur, en indivision. Ils ne l'ont pas gardée très longtemps, ils en avaient hérité au décès de leurs parents.

— Comment s'appelaient les propriétaires ?

— Voisin.

— Et quand l'avez-vous rachetée ?

— Il y a sept ans.

— Longtemps après le décès du couple Voisin ?

— Quelques années.

— Dix ans ? Vingt ans ?

— Pas tant que ça…

Elle prit le temps de réfléchir et Baron ne la bouscula pas. Il en profita pour regarder l'astre solaire plongeant dans les abysses. L'eau turquoise de la piscine réfléchissait des éclairs aveuglants, les deux chalutiers se talonnaient en direction du sud, à peine freinés par les remous d'un océan paisible. L'image de Céline Boulher ne s'imprimait pas dans ce décor. Se pouvait-il vraiment qu'elle ait été enlevée pour être amenée ici ? Ça lui paraissait totalement impossible. Dans quel but ?

— Ça ne fait qu'une douzaine d'années pas davantage, assura finalement madame Palvic. Les enfants avaient espéré conserver la villa mais l'indivision leur causait trop de problèmes, ça n'a duré que quatre ou cinq ans.

— Les Voisin sont donc décédés en 2002 ou 2003, calcula Baron. Qui avait fait construire le bâtiment ?

— Le père Voisin, Nicolas, en 1968. Les deux terrains étaient séparés, il n'y avait rien sur celui-ci, il a acheté également le hangar pour disposer d'un accès à la mer.

— Vous le connaissiez ?

— Non, il aurait plus de quatre-vingts ans maintenant.

— Avec qui avez-vous traité ?

— Avec sa fille, elle vit à Guipavas. Les deux frères sont en région parisienne, nous ne les avons vus qu'au moment de la signature.

— Quel âge a-t-elle ?

— La cinquantaine.

— Elle vous a parlé de son père ?

— Un peu, forcément… C'était plein de souvenirs lorsque nous avons visité.

— Quel genre de souvenirs ?

— Pas mal de photos, un piano… un juke-box, des disques d'or…

— Des disques d'or ? s'étonna Baron.

Il lui était arrivé d'en manipuler, des galettes qui contenaient autant de métal précieux qu'une petite cuiller de cantine.

— Accrochés aux murs.

— Il était chanteur ?

— Producteur. Il se faisait appeler Eddy Simonos.

— Agent d'artistes ?

— D'une maison de disques qu'il avait créée. Ponant Production. Il avait profité de la vague des sixties pour gagner pas mal d'argent.

Elle ne pouvait pas s'en souvenir, elle n'était pas encore là, sa conscience musicale ne s'était éveillée qu'au cours de la décennie suivante. *Born to be alive* ou peut-être même *Spacer*… Génération disco. Une soupe ennuyeuse à laquelle Baron refusait d'accorder sa clémence.

— À Brest ? s'étonna-t-il encore.

— À Paris. Les enfants par contre vivaient à Brest avec leur mère, il revenait régulièrement, il y avait des photos de plein de gens connus autour de la piscine.

Il tourna de nouveau la tête pour observer, cherchant à découper l'espace avec l'impression de n'arriver à rien. C'était difficile d'imaginer ces lieux quarante ans plus tôt, avec un parterre d'invités circulant sur la terrasse ou plongeant dans les eaux transparentes du bassin… Un parterre d'artistes !

Quel rapport avec Céline ?

— Vous pensez à quelque chose qui se serait passé dans la maison ? relança madame Palvic.

Il se leva pour s'approcher de la cloison vitrée restée entrouverte et se planta dans le carré de soleil. Le mur d'enceinte ne cernait pas totalement la propriété, il avait dû le faire autrefois, séparant le terrain du hangar à bateaux, mais le pan du fond avait été abattu pour ouvrir l'accès à la plage. Les murailles latérales se prolongeaient d'un grillage qui descendait jusqu'à la dune et là aussi, Baron repéra les caméras de surveillance juchées sur des promontoires. Ils étaient à l'extrémité de la baie dominée par la falaise, une sorte de fort carré avait été construit en sentinelle sur une avancée rocheuse, plus au nord.

— Je cherche une jeune fille dont on est sans nouvelles, répondit-il sans mettre un terme à son observation, il est possible qu'elle soit passée par *Le Hangar à bateaux*.

— À l'époque de Nicolas Voisin ?

— Il y a longtemps, oui… Le système de vidéosurveillance était déjà en place lorsque vous êtes arrivés ?

— Oui. La villa n'était pas occupée en permanence, Voisin vivait à Paris.

— Il n'y avait pas de gardien ?

— Un couple de Ploumoguer qui se chargeait de l'entretien, mais il leur arrivait aussi de s'absenter.

— Vous les connaissez ?

— Les Costec. Ils habitent toujours le village, à la sortie, sur la route d'Illien. Je crois qu'ils étaient ici depuis l'origine et que c'est une des raisons pour lesquelles les héritiers ont pris la décision de vendre, les Costec se sentaient trop vieux pour continuer.

— Quel âge ont-ils ?

— Quatre-vingts ans, sûrement. Elle s'occupait du ménage et lui du jardin.

La pelouse était parsemée de massifs et les murailles en grande partie dissimulées derrière des plantations.

— Vous avez redessiné le parc ?

— Nous n'avons rien changé. On est déjà obligés de faire venir quelqu'un pour l'entretien…

Elle s'était levée à son tour pour se rapprocher de lui.

— Quand vous dites que vous êtes sans nouvelles…

— La jeune fille a disparu. Un témoin dit l'avoir amenée jusqu'ici et elle s'est volatilisée ensuite. Elle n'a plus donné signe de vie depuis.

— Ça fait des années…

— Très longtemps, oui.

— Et il y avait du monde à la villa ?

— Le témoin n'est pas arrivé seul et il est reparti aussitôt. Seul cette fois.

— Les Costec étaient là ?

— C'est vous qui m'apprenez leur existence.

Elle frissonnait dans son sweat-shirt.

— Vous croyez qu'elle est restée ici ?

Il ne croyait rien. Il était décidé à imaginer plus tard, à condition que l'on retrouve la carcasse de la camionnette blanche dans les remous de Locméven.

Il abaissa son bras qu'il avait placé en écran pour se protéger du soleil.

— Je ne crois rien, madame Palvic, dit-il en se détournant. Nous ne disposons de sa déposition que depuis très peu de temps. Je vais voir les Costec. Je serai peut-être obligé de revenir. Comment s'appelle l'héritière avec laquelle vous avez traité ?

— Blandine Voisin. Elle avait gardé son nom de jeune fille après son mariage.

— Vous l'avez revue ?

— Une fois. Elle s'est arrêtée en passant, elle avait envie de voir ce que nous avions fait de la villa.

— Il y a longtemps ?

— Quelques mois après la vente.

— Je vous appellerai en cas de besoin.

*

La quinte de toux avait violemment expulsé Jean-Louis Tanneau du lit où il cherchait le sommeil, il s'était plié en deux, à genoux sur le sol, le souffle férocement coupé par les milliers d'épingles qui lui mitraillaient les poumons. Douleur atroce dans la poitrine. Il avait cru qu'il ne se relèverait pas.

La crise était passée pourtant, les battements de son sang s'étaient calmés sur ses tempes, les larmes avaient séché à ses yeux, il s'était redressé avec la vision brouillée des murs pisseux. Ne pas mourir ici…

Il se laissa retomber sur la couche, épuisé, déglutissant à plusieurs reprises pour chasser le goût âcre qui lui tapissait la gorge. C'était la fin. Le poids de sa tête l'emporta, il se retrouva allongé et reprit d'instinct sa position première, recroquevillé, dos tourné à la porte, face presque collée à la cloison qu'il aurait aimé exploser. Il ferma les yeux.

Combien de temps cela prendrait-il ? Un jour, deux, trois ? Une semaine… Son avocat n'avait pas su le lui dire, mais il y avait un accord, il lui avait parlé de la foi du Palais, un truc que Tanneau n'avait pas bien compris, une sorte d'entente sans écrit qui engageait tout le monde.

La villa ne serait pas difficile à retrouver et son propriétaire de l'époque serait facile à identifier. Nicolas Voisin. Par lui, les enquêteurs commenceraient sûrement à remonter la piste, une piste qui pouvait les mener à Rempat mais ils y mettraient le temps. Il fallait leur parler de Rempat…

Seulement il subsistait un risque pour la camionnette. Peut-être avait-elle été retrouvée, on nettoyait bien les calanques, les lacs ou le lit des rivières, pourquoi pas les rochers de l'Atlantique ?…

Tanneau tressauta nerveusement dans son demi-sommeil. C'était peu probable et si c'était le cas, il y aurait des traces, des rapports, des recherches pour identifier le propriétaire… Baron découvrirait tout cela.

Et si une tempête l'avait emportée, disloquée dans le fracas des vagues, dispersée au fond des abîmes ?

On ne le croirait pas. Ou on le croirait moins, en tout cas. Il devrait se montrer persuasif, précis, se souvenir de détails…

Il avait décidé de parler de Rempat quand Baron reviendrait. Il n'avait plus beaucoup vu Rempat après cette histoire-là, il n'avait pas du tout aimé le rôle qu'on lui avait fait jouer. Pas du tout. Et de toute façon ce n'était pas Rempat qui risquait de se plaindre, il était mort depuis quinze ans…

Le sommeil détendait les traits de Jean-Louis Tanneau qui se sentait partir, il allait dormir et oublier quelques heures… Se souvenir de détails… La cour de la villa, les graviers, le soleil… Rempat lui avait remis l'enveloppe prévue, il avait embrayé… L'ombre sous les arbres. La voiture était là, à l'abri. Pas celle de Rempat qui n'en avait sûrement pas les moyens… Une Lamborghini.

Il s'endormit en songeant qu'il ne devait pas oublier de le dire à Baron : une Lamborghini jaune.

*

La vieille Hortense Costec trottinait toujours d'un pas alerte malgré ses quatre-vingt-cinq printemps, le corps rebondi enveloppé dans une robe noire qui donnait à penser qu'elle avait froid malgré le temps. Elle s'était levée pour faire du café. L'homme resté à sa place semblait davantage fatigué, il n'avait plus de cheveux et noyait son regard humide derrière les loupes de ses verres épais, assis silencieusement à la table de la cuisine de sa bicoque de Ploumoguer. En plus il était méfiant, comme tous ceux d'ici sans doute, dans un pays où l'habitant du bourg voisin était déjà un étranger…

Baron observait la pièce et son sol en ardoises, l'évier craquelé, le buffet sculpté d'où la vieille Costec avait retiré deux tasses qu'elle déposait devant eux. Le mari ne voulait rien, il s'était contenté de secouer la tête, il n'aimait pas parler en général, alors devant un inconnu, un policier qui plus était… Refuser un café, c'était déjà passer aux aveux…

— Il est mort en 2003, enchaîna Hortense Costec en cinglant vers la gazinière blanche, l'été de la canicule.

Elle parlait de Nicolas Voisin.

Baron dirigea son regard vers elle. À la différence de son époux, elle était d'un naturel expansif, l'arrivée inopinée d'un visiteur curieux ne l'avait pas troublée. C'était elle qui avait travaillé la première à la villa, en 1969, juste après la fin des travaux. Voisin avait besoin de quelqu'un pour tenir la maison pendant ses absences, elle avait accepté d'entrer à son service. Puis il avait fait redessiner le parc, il avait eu besoin d'un jardinier et le mari, qui s'ennuyait plutôt à la conserverie de Lanildut, avait été embauché à son tour. Le couple s'était installé au *Hangar à bateaux* tout en conservant son domicile dans le bourg, c'était le contrat, entretien et gardiennage.

— Il n'était pas vieux pourtant, soixante-treize ans, commentait Hortense Costec, il faut croire qu'il avait un peu trop tiré sur la corde. Une belle vie de patachon dont il a quand même bien profité… Cet été-là, la température a dépassé les quarante degrés, il n'a pas supporté.

— Il vivait à la villa ?

— Depuis qu'il avait décidé de quitter les affaires, dit-elle en soulevant la cafetière émaillée, avant, on ne le voyait que de temps en temps, surtout à la belle saison.

— Et sa femme ?

— Elle n'a pas tardé à le suivre dans la tombe… Quand il était à Paris, elle vivait dans un appartement à Brest avec les enfants, chacun chez soi, séparés si vous voyez ce que je veux dire…

— Je crois.

— Ça ne les empêchait pas de se voir, mais elle ne venait que rarement à la villa.

— Elle ne s'y plaisait pas ?

— Séparés, je vous dis…

— Voisin n'était pas toujours seul ?

— Pour ça… opina la vieille avec une grimace lourde de souvenirs. Des blondes et des brunes, rarement deux fois la même… Du sucre ?

— S'il vous plaît…

— Quand il était là, c'était des fêtes à n'en plus finir. Ça durait des jours. Les veillées blanches, qu'ils appelaient ça. Champagne à gogo et bains de minuit… Pas toujours en maillot. On en retrouvait partout et ensuite, mon Mikelig et moi, on mettait une semaine à tout nettoyer.

Elle secoua la tête sous le regard larmoyant de son Mikelig qui n'approuvait pas.

— Faites attention, c'est chaud.

— Et madame Voisin, s'intéressa de nouveau Baron, vous dites qu'elle ne participait pas ?

— Pas son genre.

La chaise racla l'ardoise quand Hortence Costec y reprit sa place.

— On ne la voyait presque jamais à cette époque-là, dit-elle, elle restait chez elle, chacun sa vie… Mais ils n'ont pas divorcé pour autant, et quand le monsieur a décidé de quitter Paris pour vivre au *Hangar à bateaux*, on l'a vue revenir, elle a même fini par s'installer avec lui. Pas dans la même chambre quand même, mais ils avaient l'air de bien s'entendre. Et les enfants passaient les voir.

— Elle est donc décédée peu de temps après lui ?

— Quelques mois seulement. Elle est partie d'un coup, un cancer des intestins. Nous, on a accepté de rester encore un peu mais Mikelig commençait à fatiguer, alors ça n'a pas duré très longtemps et les enfants ont fini par vendre la maison.

— Vous viviez souvent là-bas ?

— Tout le temps sauf quand il y avait du monde. Le monsieur nous prévenait qu'il arrivait ou qu'il avait des invités, on préparait la villa et on les laissait tranquilles. Quelquefois j'allais faire la cuisine ou un peu de ménage si ça durait longtemps, ça marchait comme ça…

— Il vous payait bien ?

— Il y avait toujours un billet supplémentaire qui traînait pour nous… Plus les petits services à rendre aux pensionnaires, ils étaient plutôt généreux. Sauf sur la fin peut-être, on a bien senti que les affaires ralentissaient…

Elle touillait machinalement son café en fixant le bois de la table.

— Plus de trente ans qu'on y aura passés, nota-t-elle avec une pointe de nostalgie, on en a vu défiler du monde, hein ? Une sacrée galerie de zozos… Des artistes. Des gens connus, vous savez !

— Comme qui ?

— Ah… Vous voulez voir ?

Elle en avait envie. Tout était dans une boîte de carton aux coins renforcés, des portraits dédicacés à Hortense Costec, de vieux clichés des studios Harcourt ou des 45 tours vinyle de Los Cuervos ou des Daems Boys, avec des titres à enflammer l'inconscient collectif, *La peau qui pèle*, *N'y pense pas*, *Tu dis que tu m'aimes*…

Certains dont la notoriété avait survécu, d'autres totalement oubliés, des photos de groupes devant la piscine de la villa.

— C'est Nicolas Voisin ? interrogea Baron en pointant une silhouette entièrement vêtue de blanc.

L'homme, légèrement bedonnant, fumait un cigare tout en fixant l'objectif avec une lippe gourmande, une blonde décolorée en débardeur échancré et débarrassée de son soutien-gorge solidement arrimée à son bras.

— Avec Sophia Alossandri, confirma la vieille, attentive. Sacrée belle fille, non ? Vous vous souvenez d'elle ?

Il dut avouer que non.

— Trois semaines au Top 50 avec *Hep hep ouvre-moi* !

Un titre à l'ambiguïté certainement voulue, comme l'avaient été *Les sucettes* de Gainsbourg. À l'évidence, Voisin n'avait pas dû se faire prier, il avait ouvert. La façon dont elle penchait la tête vers l'épaule du producteur confirmait la parfaite exécution des clauses privées du contrat. Trois semaines au Top 50. Et depuis ?…

Baron souriait devant l'anachronisme d'Hortense Costec dans sa cuisine de Ploumoguer, en robe noire et les cheveux gris tirés en chignon sur la nuque, brassant à quatre-vingt-cinq ans la biographie de sa boîte à trésors. Elle avait une petite quarantaine d'années à l'époque, il était légitime qu'elle n'ait pas oublié.

— On n'entend plus la même chose aujourd'hui !

En effet. Baron fit apparaître le portrait de Céline.

— Et elle, dit-il, vous vous souvenez l'avoir vue au *Hangar* ?

— Qui est-ce ?

— Elle s'appelle Céline Boulher. Elle est passée à la villa en juillet 1979, le 18, un mercredi.

— Une seule journée ?

La vieille s'était penchée pour mieux voir.

— Nous n'étions peut-être même pas là.

Il lui montrait le portrait diffusé par la presse de l'époque, celui qui avait été reproduit sur des centaines d'affichettes.

— Ça ne me dit rien, et toi ?

Ça ne disait rien à Mikelig non plus, mais le vieux, pour la première fois, avait paru s'intéresser à la conversation. Il n'en avait pas lâché un mot pour autant mais c'était un début, les phrases peinaient sûrement à franchir le seuil de ses lèvres pincées, les mots lui faisaient peur.

— C'était une artiste ?

— Non.

— Pourquoi vous la cherchez ?

— Parce qu'elle a disparu ce jour-là.

— Disparu comment ? s'étonna Hortense.

— Personne ne l'a revue.

— Et comment vous savez qu'elle est venue à la villa ?

— Quelqu'un l'y a déposée.

— Elle avait peut-être rendez-vous, suggéra la vieille, il y avait parfois beaucoup de monde, vous savez… Ça rentrait et ça sortait. Et des filles, ce n'est pas ce qui manquait.

Baron secoua doucement le cliché.

— Madame Costec, articula-t-il lentement pour lester les mots, vous faisiez le ménage, les chambres, les salles de bains… Vous saviez forcément ce qui s'y passait.

— Pour ça…

— Vous est-il arrivé de remarquer des choses qui ne vous plaisaient pas ?

— Comme ?

— De la drogue, par exemple.

— Ah non !… Monsieur Voisin n'a jamais touché à ça ! De l'alcool, je ne dis pas… Il aimait le champagne. Et les cigares ! Tout le monde fumait, mais jamais de drogue en sa présence, jamais ! Il haïssait ça !

— Et lorsqu'il était absent ?

— Là… Je ne sais pas… Il y avait bien des odeurs bizarres quelquefois.

— Et les filles ? ajouta Baron. Celles qui assistaient aux réceptions, celles qui accompagnaient les invités…

— Pas des mochetés, sourit la vieille.

— J'ai vu. Elles participaient aux fêtes ?

— Les veillées blanches, je vous dis.

— Elles étaient consentantes ?

— Drôle que vous êtes, commenta-t-elle sans méchanceté.

Elle prit du temps :

— Évidemment qu'elles l'étaient.

— Il y avait des filles d'ici, parfois ?

— On n'en a jamais vu, hein, Mikelig ? Il n'aurait pas fallu.

— Pourquoi ?

Elle haussa les épaules, silencieuse.

Baron pensait comprendre ce qu'elle voulait exprimer, il n'existait pas de passerelle possible entre ces deux univers. *Le Hangar à bateaux* avait été l'appendice d'un autre monde, une île en terre avec ses hauts murs et ses caméras de surveillance, sa population décalée, ses rites et ses règles hermétiques pour qui ne lui appartenait pas. Les autochtones devaient les regarder traverser le village comme on regarde passer la colonne d'un cirque, en rêvant à la représentation mais sans accès à la billetterie. Spectacle ce soir. Mais à huis clos. Les artistes se produisaient entre eux et la population locale n'était pas invitée, c'était la condition fondamentale à une cohabitation sans heurts. Seuls les Costec y avaient accès et encore, seulement à la demande, sinon ils s'abstenaient.

— Bon. Je vous remercie, dit-il.

Un autre monde venu d'ailleurs… Il refusait encore de s'y attarder et pourtant il y venait, il le sentait, c'était là un point important après ce que lui avait révélé Tanneau. Le rapt de Céline était prémédité, il n'y avait pas eu de hasard mais une opération préparée, c'était elle que l'on voulait et pas une autre, et Tanneau avait été recruté à Paris, la voiture volée à Montreuil, Nicolas Voisin travaillait dans la capitale, les Boulher habitaient la banlieue…

L'enquête à l'époque, dans les milieux que fréquentait Céline, n'avait pourtant rien donné.

— Je pense que vous m'avez quand même aidé.

Il serra la main des deux vieux. Mikelig accepta de lui tendre la sienne sans avoir prononcé le moindre mot. Il se méfiait des phrases, parler c'était se dévoiler et Mikelig Costec avait la pudeur tenace. Il larmoyait toujours derrière ses lunettes. Baron marcha vers la porte, persuadé qu'il ne connaîtrait jamais le son de sa voix.

— La fille…

Il se retourna. Elle était tremblotante, cette voix, grave, pleine de galets usés.

— Je peux revoir la photo ?

Baron revint vers lui pour la lui présenter, étonné.

— Vous l'avez déjà vue ?

— Oui… chevrota Mikelig, je la reconnais bien.

Il fit une pause méditative en se renversant en arrière, avant de pointer un index sérieux.

— C'est la gamine qui a disparu près de Lesneven, celle qu'on n'a jamais retrouvée.

— Vous vous souvenez d'elle ?

— On avait collé des affiches partout. C'était cette photo-là !

— Vous avez raison, opina Baron, surpris.

— Tout le monde parlait d'elle…

— Vous vous rappelez quelque chose ?

— C'est vrai qu'elle est passée par *Le Hangar* ?

— Quelqu'un l'affirme.

Le vieux avait les gestes ralentis par l'usure, il promenait sur lui une odeur de tabac brun qui flotta dans l'air lorsqu'il secoua la tête.

— Je peux vous dire qu'il y avait du monde à ce moment-là mais pas monsieur Voisin, il est arrivé seulement deux ou trois jours après, on a parlé de la gamine avec lui quand on y est retournés, je n'ai pas oublié…

— Il la connaissait ?

— Il avait lu le journal.

Hortense ne s'en rappelait pas, elle faisait des efforts pourtant.

— Voisin n'était pas là ce jour-là, enregistra Baron.

— Voisin est venu tout seul et il n'est pas resté longtemps, pas plus de deux jours, c'est moi qui l'ai déposé à l'aéroport de Guipavas.

— Il rentrait à Paris ?

— Je ne sais plus.

— Vous avez vu les gens qui étaient là avant son arrivée ?

— Je ne me souviens pas. Il avait dû nous prévenir qu'il y aurait du monde, on a dû remplir les frigos et on a laissé la place, c'était toujours comme ça qu'on faisait.

Mikelig suivait son raisonnement.

— On était chez nous le jour où la jeune fille a disparu, j'en suis certain, j'en ai parlé avec le maire, on a même bu un coup en écoutant la radio. J'étais ici ! Donc il y avait quelqu'un à la villa.

— Mais vous ne savez pas qui ?

— Non.

— Et quand Voisin est arrivé, il n'y avait plus personne ?

— Non.

— Vous ne vous souvenez de rien d'autre ?

— Si… Je n'ai pas oublié ça.

Le doigt tordu du vieux montrait le bois de la table, comme s'il voulait appuyer sur ce qu'il allait dire :

— Après Guipavas, je suis revenu à la propriété et j'ai voulu tondre en arrivant, mais quelqu'un avait touché à mes outils, ils n'étaient plus à la même place. Personne ne s'en servait. Seulement moi !

— Quels outils ?

— Pour le jardin. Dans le cabanon. Il y avait du désordre.

Mikelig avait fermé les yeux, une larme était venue se coller au coin de sa paupière.

— Seulement il n'y avait plus personne quand on est arrivés, répéta-t-il de sa voix caverneuse, uniquement monsieur Voisin qui nous attendait. C'est un taxi qui l'avait déposé.

— Quel jour ?

— Ça…

Baron scruta le visage du vieil homme. Peut-être qu'il ne se souvenait même plus de ce qu'il avait fait la veille, et pourtant il n'affabulait pas.

— Comment était Nicolas Voisin ? Nerveux ? Inquiet ? Pressé ?

— Je ne sais plus.

— Vous pensez que c'était peut-être lui qui s'était servi de vos outils ? Il lui arrivait de jardiner ?

— Jamais. Je ne l'ai jamais vu tenir un marteau.

Hortense remuait la tête, elle approuvait. De ça au moins, elle avait gardé le souvenir.

— De toute façon, il venait d'arriver.

— Et vous avez parlé de Céline ?

— Le journal était sur la table avec la photo, cette photo-là !

— Merci, monsieur Costec, formula Baron.

Sincère.

Il recula lentement vers la porte.

— Vous m'avez aidé.

Il sortit dans la rue.

V

La nuit n'allait pas tarder à tomber et le ciel s'était couvert d'un voile de nuages gris flottant depuis la rade, la dépression arrivait de l'ouest et il pleuvrait certainement avant la fin de la soirée. Violemment poussée par un courant d'air, la porte du salon avait claqué l'instant d'avant et Blandine Voisin traversa la pièce jusqu'à la fenêtre ouverte. Ils la virent écarter le rideau de voile gonflé par le vent et faire un pas sur le balcon. Elle frissonna en respirant l'odeur de la ville. L'air se chargeait d'humidité. Elle eut un regard en direction du ciel, chercha à apercevoir les lumières de Brest dans le lointain, et retourna finalement à l'intérieur pêcher une cigarette dans un étui, qu'elle alluma au moyen d'un fin briquet d'or. Son regard noyé derrière l'écran de la fumée qu'elle soufflait se posa ensuite sur le portrait oublié par Baron sur la table basse. L'intermède lui avait donné le temps de réfléchir.

— Comment voulez-vous que je me souvienne... dit-elle en écartant les bras. Je suis née en 1963, mon père ne s'était pas encore installé définitivement à Paris, il ne l'a fait que l'année suivante. Mes frères et moi avons continué de vivre à Brest, avec notre mère.

Elle releva la tête et regarda Baron droit dans les yeux.

— Bien que séparés, nos parents s'entendaient plutôt bien. Mon père venait nous voir régulièrement, ses affaires marchaient, il a fait construire *Le Hangar à bateaux* en 1968.

— Mais vous n'y avez jamais habité ?

— En dehors de séjours assez fréquents et plus ou moins longs en sa compagnie, jamais.

Elle retira de ses lèvres la cigarette qu'elle fumait nerveusement, se pencha pour en tapoter la cendre au-dessus d'un gros cendrier de cristal, mais resta debout, ignorant la place au côté de son mari, dans le canapé de cuir blanc.

— J'étais fascinée par lui, se souvint-elle au bout d'un moment. Il était différent des autres pères, il exerçait un métier mystérieux, il se faisait appeler Eddy Simonos, il fréquentait un tas de gens connus, des gens que l'on voyait à la télévision et qu'il m'arrivait de croiser à la villa… De quoi rendre les copines jalouses…

— Quand a-t-il arrêté ?

Elle dut lever les yeux vers le plafond pour se souvenir.

— En 1995, l'année de ses soixante-cinq ans. Il commençait à avoir quelques problèmes de santé, il a vendu sa société.

— Vous n'étiez pas intéressée ? Vos frères non plus ?

— Il ne nous y encourageait pas. Le métier changeait, il sentait venir la crise du disque, il était bien conscient d'avoir vécu l'âge d'or.

Elle se pencha encore, écrasa cette fois soigneusement son mégot et retourna vers la fenêtre.

— On dirait qu'il va y avoir de l'orage.

Le ciel commençait à brasser des nuages beaucoup plus menaçants, le vent faisait cogner les volets de bois mal retenus par les pitons de la façade. Elle ferma la vitre, étouffant les bruits qui montaient de la rue, et tira le rideau.

— Il a vécu les dernières années de sa vie à la villa avec notre mère, il est mort en 2003, l'été de la canicule.

— C'est ce que m'ont dit les Costec.

— Comment vont-ils ?

— Bien m'a-t-il semblé. Elle, en tout cas, a de la ressource.

Blandine Voisin était retournée s'asseoir auprès de son compagnon, un homme très grand et très fort, à l'allure rigide renforcée par une coupe de cheveux en brosse.

— Pour eux aussi les années passent… commenta-t-elle laconiquement. Vous dites que Mikelig a reconnu le portrait de cette jeune femme ?

— Il s'en souvenait, l'affaire avait fait beaucoup de bruit à l'époque.

— Mais il ne l'a jamais vue à la villa ?

— Il ne s'en rappelle pas, il est par contre certain d'avoir séjourné à Ploumoguer lorsque c'est arrivé, il y avait donc du monde au *Hangar* ce jour-là.

— J'avais seize ans, témoigna-t-elle avec un lent haussement d'épaules, je ne vois pas comment vous aider…

— Votre père prêtait la maison ?

— Souvent. Il organisait des réceptions, ou bien des gens venaient y passer quelques jours, il y avait aussi des auteurs qui s'isolaient avec des musiciens pour composer… Lui n'était pas toujours là.

— D'après Mikelig Costec, votre père ne serait arrivé que deux ou trois jours plus tard, il était seul et ne serait pas resté longtemps.

— Il a une sacrée mémoire, apprécia brusquement l'homme rigide, resté silencieux jusqu'alors.

Il s'était penché en avant, suspicieux.

— J'avoue ne pas comprendre… dit-il avec une grimace censée appuyer le propos. J'ai confiance en Mikelig, s'il dit se souvenir, c'est qu'il se souvient ! Mais le reste…

Il frotta ses gros doigts.

— Tout cela est arrivé il y a trente-cinq ans et aujourd'hui, un témoin surgit du néant pour affirmer que cette jeune femme est venue au *Hangar à bateaux* le jour où elle a disparu ! Seulement personne pour autant ne se souvient de l'y avoir vue !

— Pourquoi mentirait-il ?

— Pourquoi n'a-t-il rien dit avant ?

— Par peur d'être accusé.

— Et pourquoi maintenant ?

— Il a de bonnes raisons pour le faire. Son témoignage est très précis, il décrit les lieux.

— Ça prouve éventuellement qu'il est venu à la villa à un moment ou à un autre, rien de plus ! Ma femme vient de vous dire qu'un tas de gens y passait.

L'homme avait un accent du sud assez prononcé, il s'était présenté sous le nom d'Antoine Cussac, sans autre précision sur ses activités.

La cinquantaine florissante, le même âge que son épouse, qui avait décidé de conserver son nom de jeune fille.

Il présentait un faciès sanguin, haut en couleur et coupé par de grosses lunettes d'écaille.

— Qui est-ce ?

— Il s'appelle Jean-Louis Tanneau, révéla Baron, ce nom vous dit quelque chose ?

— À moi, non.

— Il affirme avoir déposé Céline Boulher au *Hangar* dans l'après-midi du 18 juillet 1979 et avoir repris la route ensuite. Personne n'a revu la jeune fille après.

Cussac avait tourné la tête vers sa femme pour l'interroger silencieusement du regard. Elle grimaça son ignorance.

— Admettons… commenta-t-il en refaisant face. Rien ne dit qu'elle y soit restée… elle avait peut-être simplement rendez-vous et elle a quitté les lieux.

Avant de secouer durement la tête pour corriger son accommodement :

— Et rien ne dit que tout cela soit seulement vrai.

— Son témoignage reste extrêmement crédible… Votre père a certainement laissé des archives, relança Baron. Les avez-vous gardées ?

— Celles qui étaient des souvenirs.

— Un journal ?

— Pas exactement. Par contre il conservait tous ses agendas, je m'en suis servie quelquefois pour répondre à des journalistes qui écrivaient des papiers sur des artistes avec lesquels il avait travaillé.

— L'agenda de 1979 ?

— Sûrement.

Elle hésita à se lever. Un éclair fulgurant venait de déchirer le ciel d'encre, le tonnerre se mit à rouler dans le lointain, au-dessus de la rade.

— Vous pensez que mon père est impliqué dans la disparition de cette fille ?

— Si j'en crois le vieux Costec, répéta-t-il, votre père n'était pas présent ce jour-là.

— Mais il est venu.

— Le samedi suivant. Il n'y avait plus personne à la villa lorsqu'il est arrivé, il était seul, Mikelig l'a déposé deux jours plus tard à l'aéroport de Guipavas.

— Mon mari a raison, la fille pouvait être repartie aussitôt.

— … à condition toujours d'être réellement venue, coupa Antoine Cussac.

C'était un leitmotiv et il n'avait pas tort. Baron ne voulait pas lui parler de la chapelle de Locméven, pas tant que les plongeurs de la compagnie de gendarmerie maritime de Brest ne seraient pas intervenus.

— J'aimerais consulter ces agendas, dit-il, ignorant les réflexions du gros homme.

Blandine Voisin acheva son mouvement. Tout se trouvait dans une pièce réservée vers laquelle Baron la suivit. L'endroit n'avait rien d'un musée, c'était plutôt une sorte de débarras dans lequel avaient été stockés les souvenirs entassés par Nicolas Voisin durant ses années à la tête de sa société, Ponant Production, dont le logo s'étalait sur une affiche aux coins cornés, placardée sur un mur. Un cercle jaune sur fond rouge marqué des initiales *PP* décalées, en écriture grasse et traversées par un éclair noir stylisé.

Elle écarta les panneaux d'une armoire.

— Ponant Production existe toujours ?

— Plus depuis des années, dit-elle en secouant la tête, le marché était devenu trop difficile pour les labels indépendants.

Elle examinait soigneusement un empilement d'archives.

— Les fonds de catalogue sont trop limités et Ponant, comme les autres, subissait des variations de chiffres bien trop importantes pour réussir à franchir correctement les seuils de croissance. Papa avait senti venir tout cela... Il aurait fallu diversifier, non seulement les genres musicaux mais aussi les métiers, ne plus se charger uniquement de la production mais également de la diffusion et de la distribution... C'est évidemment le plus rentable.

Son index courait sur les tranches de dossiers.

— Vous savez, même Barclay Records et sa kyrielle d'artistes emblématiques a été vendue par son fondateur, et le label créé par mon père n'assurait l'essentiel de son chiffre que sur quatre ou cinq interprètes. Sans parler des avancées technologiques et d'Internet... Les années soixante, c'était l'âge des cavernes.

— Que sont-ils devenus ?

— Les chanteurs ? Ils ont pratiquement tous disparu, répondit-elle en écartant des chemises cartonnées pour mettre à jour une seconde rangée de documents, les quelques contrats qui restaient ont été repris par Universal Music il y a plus de dix ans.

Les agendas étaient là, une trentaine de recueils grand format classés chronologiquement.

— Aujourd'hui, conclut Blandine Voisin en tirant sur l'un d'eux, les trois majors de l'industrie musicale se partagent à elles seules plus de soixante-dix pour cent des ventes mondiales. C'est sans doute au détriment de la création, mais c'est ainsi...

— Qui reste-t-il des artistes signés par votre père ?

Elle grimaça une moue mi-figue mi-raisin.

— Des brontosaures des Trente Glorieuses, sourit-elle. Ça n'empêche pas la tournée Âge Tendre de remplir les salles et Universal de sortir une compil' remasterisée de temps à autre… Jeff Montana a enregistré un album il y a deux ans, à mon avis ce sera le dernier. Et Dany Cat également, le leader de Métal Birds, leur nouvel opus est dans les bacs depuis six mois…

— Ils étaient déjà là en 1979 ?

— Ces deux-là, oui, j'ai eu l'occasion de les rencontrer au *Hangar*. À l'époque, c'était eux qui tiraient le label vers le haut… Le 18 juillet, c'est ça ? Un mercredi…

Elle étalait les pages du carnet devant elle et se hâtait de déchiffrer l'écriture serrée et les signes cabalistiques.

— Il était venu le week-end précédent, dit-elle, soulagée, mais il est reparti le lundi. Tenez ! Aéroport de Guipavas. Il avait rendez-vous à Paris avec Albert Raisner pour préparer un enregistrement de Point Chaud.

Une émission musicale plutôt rock des années soixante-dix, où s'étaient produits Jimmy Hendrix, Rory Gallagher, Magma…

La mention *HAB* était portée sur l'après-midi du vendredi 20 juillet, *Hangar à bateaux*. Nicolas Voisin était bien revenu à la villa deux jours après la disparition de Céline comme l'affirmait Mikelig Costec, et la journée du dimanche n'arborait qu'une seule indication renseignant sur l'emploi du temps, *Apt Guipavas*. Aéroport pour le trajet retour.

Baron tourna la page pour un examen de la semaine précédente. La même mention *HAB* en fin d'après-midi du vendredi 13 juillet, le 14 juillet, Voisin l'avait passé à Irvillac, à une vingtaine de kilomètres de Brest, pour assister en sa qualité de producteur Eddy Simonos à la première édition du festival *Elixir* qui allait réunir une dizaine de milliers de spectateurs, dans ce qui deviendrait plus tard le « *Woodstock* breton ». S'il fallait en croire les annotations portées en marge, Dany Cat et le groupe Métal Birds, artistes en vogue du label Ponant Production, s'y étaient produits en première partie du guitariste pop star britannique John Martyn.

Le festival s'était étalé sur le week-end et ce n'était que le lundi que Nicolas Voisin avait regagné son bureau de la capitale, toujours par le vol au départ de Guipavas. Pas un mot sur l'éventuelle présence des musiciens au *Hangar*.

Baron releva les yeux en réfléchissant. Le 14 juillet, Céline était déjà en vacances dans sa famille, elle était arrivée dans la semaine. Qu'avait-elle fait ce week-end-là ? Présence au festival *Elixir* ou pas ? Ce n'était pas loin, sa tante, son oncle, un copain, avaient pu l'y emmener. Les enquêteurs s'étaient-ils posé la question ? Sans doute, ils avaient reconstitué son emploi du temps et ils étaient probablement remontés jusque-là, mais Baron ne s'en souvenait pas.

Il renonça à se laisser aller à la moindre hypothèse, celle d'une rencontre de hasard durant les concerts ne cadrait pas avec la préméditation dont témoignait Jean-Louis Tanneau. Il referma l'agenda.

— Je dois conserver cette pièce, dit-il.

Il tendit l'oreille en même temps que Blandine Voisin. De grosses gouttes de pluie, lourdes comme des larmes, venaient brusquement s'éclater contre la vitre fermée, le tonnerre avait explosé quelque part, plus proche que la fois précédente, et l'orage se déchaîna brutalement, couvrant les autres bruits dans un fracas d'apocalypse. Ils restèrent silencieux, tendus. Le vacarme interdisait toute discussion. Baron en profita pour se remettre à feuilleter le recueil.

Voisin, alias Eddy Simonos, semblait bien avoir eu l'habitude d'y reporter chacun de ses rendez-vous et il était facile de reconstituer l'essentiel de son emploi du temps. Il séjournait souvent à la villa mais rarement pour des périodes de plus de quelques jours, il passait le plus clair de son temps en région parisienne. Des noms apparaissaient régulièrement et des annotations en marge permettaient d'imaginer la fonction occupée par chacun dans l'organigramme du label. Contacts, entretiens, signatures, rendez-vous presse, enregistrements, communications médias, soirées people… Des coordonnées, des indicatifs soigneusement reportés à une époque où Internet n'existait pas, ni les téléphones cellulaires et leur répertoire, ni les courriels… Tout y était à condition de savoir interpréter.

Baron tournait les pages sous l'œil observateur de Blandine Voisin. Des articles de journaux avaient parfois été agrafés et étaient restés là, jaunis par le temps, certains déchirés, recollés, raturés… Mort de Bruno Coquatrix le 1er avril. Voisin avait assisté aux obsèques au cimetière du Père Lachaise…

L'averse finit par s'éteindre, le déluge se transforma en petite pluie trop légère pour déranger une conversation.

— Je suppose qu'il existe un tas de photos de cette époque ? s'informa Baron.

— Beaucoup, oui. Mon père les annotait en général, il les datait au verso, j'ai pris le temps de les classer.

— Vous pourriez me les ressortir? Celles de 1979.

— Vous aurez besoin de quelqu'un pour les commenter. Que cherchez-vous?

— Qui pouvait résider à la villa le 18 juillet. Votre père en est apparemment parti le 16, il y est revenu le 20, il était seul et a invité les Costec à se réinstaller, les invités l'avaient donc quittée entre-temps.

— Il faudrait un peu de chance, supputa-t-elle, mais je vais voir si je peux trouver quelque chose.

— Dany Cat et les Métal Birds, vous savez où les joindre?

— Oh non…

Elle rit, pour la première fois depuis qu'il était arrivé.

— J'ai cessé tout contact avec ce milieu lorsque mon père a vendu sa société en 95, ça va faire vingt ans.

Elle ferma tranquillement les panneaux de l'armoire en se remémorant:

— Le vrai nom de Dany Cat est Daniel Chalo, il a dû enregistrer son premier vinyle vers le milieu des années soixante, ça lui fait donc…

— Environ soixante-dix ans aujourd'hui, trancha Baron. Et il continue!

— Mick Jagger en a davantage et McCartney également… La voix de Dany n'a pas changé et le groupe a toujours le son qu'il avait à l'époque, leur nouvel album est plutôt efficace.

Ils sortaient de la pièce dont elle coupa l'éclairage.

— Il me semble par contre qu'ils ne donnent plus de concerts.

Dans la salle, Antoine Cussac s'était servi un verre en attendant, sa silhouette grasse collée à la vitre au travers de laquelle il observait les ultimes sanglots de l'orage.

— Je vous en prépare un ? proposa-t-il en se retournant.

Baron refusa. Il en avait envie mais pas maintenant, plus tard, tout seul et pas avec ce gros homme. Il allait s'isoler dans le silence pour s'accorder le temps d'explorer les cirrocumulus de son cerveau. Tout était encore très éloigné.

— Tu as trouvé ?

Il s'adressait à sa femme qui piochait dans l'étui une seconde cigarette. Elle approuva distraitement, elle songeait à autre chose.

— À l'époque, dit-elle en observant curieusement la Camel, il y avait toujours beaucoup de filles autour de Métal Birds, il est très possible que le groupe ait séjourné à la villa, le festival ne se déroulait pas très loin. Votre disparue a pu les rejoindre.

Non, décida Baron, simplement parce que Céline avait été enlevée, elle n'était pas venue volontairement. Il ne savait pas pourquoi.

Les doigts de Blandine Voisin chassèrent une mèche auburn qui lui retombait sur le front, ses yeux gris marqués au coin des paupières par des rides en pattes d'oie se fixèrent sur Baron.

— Dany avait un agent, je me souviens qu'il m'est aussi arrivé de le croiser à la villa… Paul quelque chose. Vous devriez le voir.

Elle approcha la flamme du briquet d'or, prit le temps d'avaler longuement la fumée, les sourcils accolés par la concentration.

— Carrère… Un nom comme ça. Caroyère… Paul Caroyère !

— À Paris ?

— Sûrement. Je ne sais pas s'il exerce toujours. Il n'est peut-être même plus là…

Baron était resté debout, prêt à partir. Cette fois il faisait complètement nuit, les lumières de la rue scintillaient dans les gouttelettes cramponnées aux vitres de la baie, l'orage était passé.

— Je vous appellerai pour les photos, dit-il. Si vous pouviez vous en occuper ce soir.

Elle alla lui chercher une carte. Blandine Voisin. Son cabinet était rue du Château à Brest. Podologue. On était très loin des années guitare.

*

Baron sortit dans le couloir après avoir raccroché son téléphone. Vingt-et-une heures largement passées. L'éclairage diffus laissait le boyau dans une demi-pénombre accentuée par les lourdes tentures, le plancher craquait sous le tapis, on entendait un écoulement d'eau dans une salle de bains voisine. Baron laissa filer sa main sur l'épaisse rampe de bois en descendant les marches, il connaissait les lieux. Le bar était à gauche. Là aussi l'éclairage était tamisé dans un décor vieillot, poutres apparentes, meubles sculptés, fauteuils profonds où il était facile de somnoler. Il s'installa sur l'un des tabourets et se racla la gorge pour signaler sa présence. C'était le même personnel qui assurait le service en salle, inutile de s'impatienter, on savait qu'il était là.

Il tourna sur lui-même pour vérifier que rien n'avait changé depuis son dernier séjour qui remontait à plusieurs années. L'établissement s'affichait comme il les aimait, un peu désuet avec de la poussière derrière les tableaux et une vague odeur de boiserie encaustiquée. Un îlot de quiétude en dehors du temps. Baron étouffa un bâillement et replongea dans sa rêverie après avoir constaté avec satisfaction que les choses ne bougeaient pas ici.

La juge Malika Cergi n'avait pas quitté son bureau malgré l'heure, elle attendait son appel comme prévu, c'était elle qui avait désormais en charge l'instruction du dossier Boulher que la « cellule Céline » n'alimentait plus beaucoup. Trente-cinq ans après, personne ne se faisait d'illusions, le témoignage Tanneau résonnait comme l'ultime espoir de découvrir ce qu'était devenue Céline, sinon le temps finirait par tout recouvrir et c'en serait fini.

Désœuvré, Baron examinait la rangée de bouteilles face à lui. Il était seul dans la pièce, des tintements de vaisselle provenaient de la cuisine, de l'autre côté de la cloison, et on entendait parfois une voix qui passait la commande. Il se leva pour s'approcher d'un antique distributeur de cacahuètes fixé au zinc, plaça une coupelle sous le bec argenté et fit tourner la manette pour se servir. Un nid à microbes disait-on. Merde! Il commençait à avoir faim.

Il se réinstalla en grignotant, conscient qu'il devait agir vite parce que Tanneau était condamné, la médecine pouvait envisager une date limite mais le délai avait commencé à courir, rien ne disait que l'homme disposait encore d'un sursis important. C'était comme une corde qui s'effiloche alors que l'alpiniste en difficulté cherche à assurer sa prise sur la paroi, le harnais va le lâcher mais il ne sait pas quand, il voit les fibres qui se dénouent et il est pressé. Très pressé.

La barmaid le reconnut en pénétrant dans la salle. Petite rousse à figure mouchetée dont il avait oublié le prénom. Elle le lui avait pourtant dit. L'allure d'une Rose de Tralee en tout cas, une fleur du Kerry belle et juste comme dans la ballade irlandaise. Elle était déjà là trois ans auparavant, lorsqu'il s'était installé dans l'hôtel après l'affaire du canal, fuyant l'anonymat des établissements trop modernes.

Il avait passé des heures dans ce bar à étudier les archives collectées dans la journée, les articles de presse, les témoignages, les fausses pistes suivies menant à des impasses décevantes. La Rose l'avait adopté, il lui était arrivé de s'asseoir au guéridon où il était installé, elle voyait bien qu'il ne trouvait pas ce qu'il cherchait et en plus il souffrait, il boitait. Il lui avait simplement dit qu'il était en convalescence après un accident.

— Vous allez bien ?

Elle n'avait pas oublié.

— Ça va, dit-il, merci. Et vous ?

— Pas à me plaindre.

— Tant mieux. Alors mettez-moi la même chose que d'habitude, s'il vous plaît.

Comme s'il était parti la veille. Elle rit mais n'hésita pas.

— Tenez… Vous dînez ici ? Prenez votre temps, je vous prépare une table.

— Merci.

Elle repartit par où elle était arrivée et se retourna simplement à l'instant de franchir la porte.

— Vous l'avez retrouvée ?

Elle savait qui il était et pourquoi il était déjà venu.

— Pas encore, dit-il prudemment, mais je crois que je progresse.

Elle opina en silence avant de disparaître et il souleva son verre.

Demain. Les plongeurs devaient intervenir à la pointe de Locméven dès le début de matinée. Et madame la juge d'instruction Cergi s'était montrée extrêmement attentive au témoignage de Mikelig Costec. Les outils servant à la villa avaient été déplacés durant son absence.

VI

Mardi… Ils étaient passés par Ploumoguer, Baron au volant, sillonnant sans hâte les petites routes tracées au milieu des champs à l'ombre des éoliennes. Il roulait vers la falaise en direction de Kerargroaz. Le soleil était revenu après l'orage de la nuit, il caressait les étendues de fougères rabattues par les embruns salés crachés par l'océan. Baron empruntait volontairement le même itinéraire que la veille, bifurquant pour longer la côte, se laissant porter dans les lacets étroits avant de s'engager tranquillement sur le dernier tronçon menant à la dune de Porsmoguer. Il faisait un détour pour sa passagère qui ne disait rien, elle se contentait de regarder en se laissant conduire. Il stoppa devant la grille, le pied sur la pédale de frein, sans couper le moteur.

— *Le Hangar à bateaux*, indiqua-t-il en désignant le rideau d'arbustes dont les branches frémissaient à peine.

On devinait, derrière, les blocs moussus du mur d'enceinte.

Malika Cergi avait tourné la tête, il voyait sa nuque recouverte de mèches décolorées et coiffées à la diable, coupées court et recouvrant à peine des oreilles fines alourdies par d'immenses boucles créoles dorées. Elle observa en silence. Le terrain descendait en pente douce jusqu'à la mer, on n'apercevait rien de l'habitation derrière la ceinture de vieilles pierres.

— Il y en a vraiment un ? questionna-t-elle, rêveuse.

— Un bâtiment en lisière de la plage, exactement comme me l'a décrit Tanneau.

— Il est donc bien passé ici.

Elle faisait vibrer ses lèvres du bout de son index, en émettant des bruits de succion lourds de sous-entendus sceptiques.

— Il prétend avoir enlevé Céline Boulher pour la déposer au bord de la mer… soliloqua-t-elle distraitement.

— C'est ça, madame la Juge. Dans une maison bourgeoise appartenant à un producteur parisien… Amateur de cigares et probablement de bon vin. De belles filles aussi…

— Nicolas Voisin, dit Eddy Simonos. Jamais cité par aucun témoin.

— Mort en 2003.

— Et Tanneau était payé pour cela, dit-elle en cessant ses plop-plop mouillés. Une sorte de mercenaire…

Elle lâcha un soupir lourd de senteurs de méfiance. Derrière son rideau d'arbres et sous le soleil, le mur du *Hangar* avait l'air de ce qu'il était : le rempart de protection d'une construction bourgeoise érigée en front de mer, et rien d'autre.

Elle articula lentement :

— Pourquoi ces gens-là, connus, friqués, qui n'avaient qu'à se baisser pour ramasser toutes les filles qu'ils voulaient, auraient-ils fait enlever une gamine ?

Baron la laissa enregistrer soigneusement le décor sans répondre, avant de redémarrer lentement. Il effectua un demi-tour sur l'emplacement des parkings et revint sur ses pas pour rejoindre la ligne de crête.

— J'ai saisi l'Institut de Recherche Criminelle, dit enfin Malika Cergi en refaisant face au pare-brise, ils se tiennent à disposition.

— Le parc couvre sans doute près d'un hectare.

— Ils utiliseront le VAIC.

Baron lui jeta un regard en coin. Elle était jeune. D'un père bigouden et d'une mère antillaise, elle avait hérité un nez légèrement épaté dans un visage à la peau presque claire, juste assez nuancée pour bien marquer ses origines. Le contraste avec les cheveux raides de sa coiffure oxygénée n'en était que plus séduisant.

— Le VAIC… approuva-t-il.

Un drone.

Elle tourna vers lui des yeux en amandes tirés vers les tempes, bougea ses lèvres épaisses.

— Dès demain.

Malika Cergi était une femme efficace. Il opina, satisfait de la réponse et de son examen. Il passait Kerargroaz et vira sur sa droite, poursuivant vers le sud en direction du Conquet, jusqu'à trouver la voie d'accès à la chapelle de Locméven. La route se transformait en chemin de terre plongeant vers la mer, le toit de la chapelle bâtie au fond de la crique leur apparut au détour d'une courbe, Baron ralentit encore, secoué par les ornières de la piste.

Deux véhicules bleus étaient stationnés sur le terre-plein herbeux à gauche de l'édifice, Baron s'engagea à son tour sur le terrain moelleux. Un gendarme attendait là, trois autres se dressaient en sentinelles au ras de la falaise surplombant l'à-pic, tournés vers l'horizon vide. Ils descendirent.

— Madame la juge… Le capitaine Madrand est là-bas.

— Venez, invita aussitôt la magistrate, c'est Madrand qui est en charge de la cellule.

Elle s'enfonça dans la lande caressée par le vent mou, sur un chemin longé par les eaux d'une fontaine coulant depuis l'emplacement de la chapelle jusqu'à l'océan, bifurqua une fois en bas pour attaquer le flanc de la falaise par le sentier de randonnée qu'ils venaient de rejoindre, évitant les ajoncs et contournant les tapis d'arméries maritimes encore fleuries.

Elle avait dissimulé son regard derrière des lunettes fumées et Baron nota qu'elle s'était équipée pour l'occasion, pantalon et souliers plats. Elle marchait vite. Sous le ciel dégagé, le flot avait une couleur vert bouteille, frangé par l'écume au pied du mur de roches grises qu'ils escaladaient.

Madrand était un quadragénaire un peu tassé, au crâne déplumé et au double menton qui lui donnaient vaguement l'air d'un Jacques Villeret aux joues rougies par le grand air. Baron se pencha prudemment au-dessus des flots après l'avoir salué, un canot de la gendarmerie maritime ballottait sur la mer à quelques encablures, des plongeurs s'apprêtaient à se mettre à l'eau.

— Ils ont trouvé quelque chose ?

— Le sonar a renvoyé un écho, commenta Madrand, ils vont aller voir.

Exactement au point indiqué par Tanneau. La juge à son tour tendait le cou. La falaise à cet endroit plongeait à la verticale, hérissée d'une succession d'aiguilles rocheuses sur lesquelles la camionnette avait pu rebondir avant de disparaître à quelques mètres de la paroi, suffisamment loin pour ne jamais être découverte, même à marée basse. Aucun bateau ne prenait le risque de longer cette côte sans raison.

— Le lieu est bien choisi, dit-elle.

La chapelle, au fond de la crique, était le seul bâtiment érigé à proximité, les premières habitations étaient bâties à plusieurs centaines de mètres dans les hauteurs, sur les parois du fjord. Sans doute que la plupart d'entre elles, aux façades trop modernes, n'existaient même pas trente-cinq ans auparavant. Une fin de terre totalement désertique visitée par les seuls goélands. Un chaos de roche arc-bouté contre les offensives de l'océan, un ultime rempart. Avec la chaleur qui avait régné ce jour-là, le risque de croiser un promeneur en vadrouille était quasiment nul. Le sentier de randonnée n'existait pas.

Baron se redressa, mal à l'aise. Il éprouvait une vague appréhension qui le rendait mutique, partagé entre la crainte de savoir enfin et l'inquiétude tout aussi grande de ne pas savoir encore. Les circonstances le rendaient fragile, il ne devait surtout pas tout mélanger. La juge s'en aperçut.

— Venez, redit-elle, je dois vous montrer quelque chose.

Ils refirent le chemin inverse jusqu'à la voiture où elle déboucla la sacoche qu'elle avait emportée.

— J'ai relu une partie du dossier cette nuit.

Elle avait dû y passer du temps. La veille encore, elle le connaissait mal, sixième ou septième magistrat instructeur chargé de l'affaire, elle n'en avait certainement pas fait une priorité.

Elle tendit une liasse.

— J'ai repris la déposition de la sœur de Charles Boulher, la tante chez qui résidait Céline.

— Et alors ?

— Lisez.

Baron s'appuya des reins contre l'aile de la voiture avant de compulser le procès-verbal. Malika Cergi s'éloignait de quelques pas en lui tournant le dos, marchant vers la fontaine de pierre. Il baissa les yeux.

Claire Caudal, née Boulher le 11 février 1939, avait été entendue le jour même de la disparition de Céline. Elle était la sœur aînée de Charles et Baron ignorait si elle vivait encore… Lorsque les enquêteurs avaient voulu savoir si des comportements anormaux l'avaient alertée dans les jours précédents, elle s'était noyée dans les détails et les anecdotes, ne leur apprenant au final pas grand-chose.

Céline était arrivée le mardi 10 juillet par le train depuis Montparnasse, sa tante l'avait récupérée comme prévu à la gare de Landerneau, pour un séjour de deux semaines au terme duquel la jeune fille devait rentrer en région parisienne et retrouver ses parents, en vacances au mois d'août. Ils procédaient ainsi chaque été depuis des années.

Il ressortait du témoignage de Claire Caudal qu'elle avait trouvé sa nièce changée au point de penser que c'était probablement la dernière fois qu'elle l'accueillait ainsi. Céline n'était plus une gamine mais une adolescente mature, physiquement transformée, presque une femme qui s'ennuyait dans une campagne qui n'était pas la sienne. Il n'y avait là rien d'anormal et personne ne s'en était offusqué. Le monde tournait et ses milliards d'habitants avec lui, pourquoi Céline aurait-elle échappé aux mutations d'un processus universel ?

Pour Claire Caudal, il s'agissait juste de se raccrocher à quelque chose, même à n'importe quoi, en espérant une explication à ce qui n'était pas explicable.

Céline s'enfermait dans sa chambre, lisait, empruntait le vélomoteur de son cousin pour disparaître deux ou trois heures, ne racontait rien… Où allait-elle ? Claire n'en savait rien. À sa connaissance, Céline ne connaissait personne dans la région et avait simplement besoin d'être tranquille, la famille l'ennuyait…

Le seul avec lequel elle semblait conserver une relation était le petit-fils des voisins, monsieur et madame Traon, qu'elle avait l'habitude de retrouver chaque été, ce camarade qui l'accompagnait lorsqu'elle avait été enlevée.

Baron n'apprenait rien. Il était bien placé pour savoir que Céline ne lui en racontait pas davantage et il avait déjà lu tout cela, il avait épluché cette déposition comme il avait épluché l'ensemble des pièces de procédure à la recherche de l'indice négligé qui ouvrirait une piste. Il n'y en avait pas.

Claire Caudal avait bien cherché à occuper sa nièce en lui proposant des sorties, la plage de Brignogan que Céline avait refusée, puis un shopping dans les boutiques de la rue de Siam à Brest, que la nièce avait cette fois accepté, mais sans enthousiasme excessif. Elles y étaient allées le vendredi et la journée s'était déroulée sans incidents ni échange de confidences notables. Au retour, Céline avait juste exprimé l'envie de sortir le lendemain soir, accompagnée par l'aîné de ses cousins, titulaire du permis de conduire. Une soirée entre jeunes, elle souhaitait assister à un spectacle pour lequel elle avait vu une affiche. La tante n'était pas contre mais le cousin n'était finalement pas disponible, Céline avait accusé le coup et s'était enfermée dans sa chambre, de mauvaise humeur parce que dépitée de ne pas pouvoir aller à ce festival à Irvillac…

L'encre du procès-verbal avait terni avec le temps, le rédacteur avait enchaîné les phrases de la déposition, il aurait pu mettre le point après le mot festival, ça n'en changeait pas le sens et ça n'apportait rien puisque Céline n'y était pas allée. Mais Claire Caudal avait précisé Irvillac, alors le gendarme avait consciencieusement frappé « ce festival à Irvillac »…

Sûrement pas une coïncidence.

À la boule électrique qui se forma sur sa nuque, Baron comprit soudain qu'il n'y aurait pas de limites aux raisons bizarres qui l'avaient conduit jusqu'ici, il encaissa en silence et laissa retomber ses bras, durement ébranlé.

Il avait lu et relu ce témoignage jusqu'à s'en irriter les yeux. La précision était sans intérêt, elle évoquait juste une envie avortée à laquelle personne n'avait de raison de prêter attention.

Le festival d'Irvillac ! La première édition du festival *Elixir* ! Il n'en savait rien vingt-quatre heures plus tôt puisqu'il ne s'était pas intéressé à ce concert.

Le show du guitariste britannique John Martyn. Avec en première partie Dany Cat et le groupe Métal Birds !

Et pourtant il n'y avait pas de hasard. C'était là que Céline avait voulu se rendre le 14 juillet 1979, mais elle n'y était pas allée, personne ne s'était donc posé de questions.

Il gronda :

— Et merde…

Malika Cergi dirigea vers lui son regard masqué par les verres fumés. Il ne lisait plus, il était comme figé, collé à la carrosserie, les pieds boulonnés à la lande. Elle eut l'impression qu'il ne respirait même plus. Elle se rapprocha.

— Je le savais… articula-t-il d'un ton qui distribuait des claques.

— Quoi ?

Il serrait les poings, vexé.

— J'ai relu tout le dossier ! Dans tous les sens ! Pendant des mois ! Et je l'avais là !

Il secoua la liasse.

— Sous les yeux !

— Indéchiffrable, le calma-t-elle, c'était juste un commentaire. Irvillac ou l'île de Wight, ça ne changeait rien !

Elle prit le temps de se poser à son tour près de lui, les fesses en extension sur l'angle de la carrosserie, les bras mélangés sur la poitrine. Un simple cœur d'or scintillait au bout de sa chaîne dans le décolleté. Elle fixa un bouquet d'arméries qui frissonnaient dans les embruns. Les fleurs vivaient leurs derniers moments, dans quinze jours elles ne seraient plus là, envolées avec l'été moribond.

— Céline a eu envie d'assister à un concert parce qu'elle avait vu une affiche en se promenant dans Brest, dit-elle, c'est ce qu'elle a dit à sa tante. C'était de son âge, mais elle n'y est pas allée parce que personne ne pouvait l'y emmener, la tante ne faisait que raconter l'anecdote, et après ? On n'avait pas de raison de s'y intéresser puisqu'elle n'y est pas allée !

— Vous croyez au hasard ?

— Plus maintenant. C'est bien pour ça que j'ai saisi l'IRC.

Baron releva le procès-verbal. Le reste était sans intérêt. Week-end familial, Céline n'était pas beaucoup sortie de sa chambre, elle avait un peu lézardé devant la télévision, devant l'étape Morzine - Les Ménuires remportée par Lucien Van Impe, Hinault était maillot jaune d'un Tour qu'il gagnerait et l'oncle Caudal était un fan du coureur costarmoricain. Dimanche identique. Dix-septième étape. Victoire d'Agostinho à l'Alpe d'Huez. Céline n'avait pas regardé, elle s'était absentée dans l'après-midi pour une virée en mobylette, elle avait dit s'être rendue à Lesneven où il n'y avait rien à faire et être rentrée ensuite. Claire Caudal racontait tout cela.

Baron était arrivé le samedi soir, lui aussi était resté en famille dans la maison voisine où il n'y avait pas de télévision, il n'avait retrouvé Céline que le lundi matin, ils ne s'étaient pas vus depuis l'année précédente, elle avait changé, elle avait vieilli…

Il rabaissa la main, désappointé. Le vent qui soufflait depuis le large bousculait ses réflexions. Il était passé à côté, mais à côté de quoi ? Si Céline avait eu envie d'assister au concert de Dany Cat et Métal Birds, c'était *peut-être* parce qu'elle les connaissait, si Tanneau l'avait déposée au *Hangar à bateaux*, c'était *peut-être* pour qu'elle les y retrouve, mais pourquoi l'avoir enlevée? Pourquoi faire disparaître la camionnette? Pourquoi ne plus donner de nouvelles?

Il s'était passé quelque chose à la villa.

— Madame la juge!

La voix pointue du capitaine Madrand les fit se redresser. Il remontait depuis le chemin de randonnée, courant presque.

— Ils ont trouvé une voiture, annonça-t-il avant d'être arrivé, et elle est là depuis longtemps.

— Quel type?

— Acadiane. Et blanche d'après eux, malgré la corrosion.

Il s'arrêtait, essoufflé par sa mauvaise graisse. Baron fixa l'horizon, il n'osait pas regarder le militaire.

— Elle est vide, Commissaire... compléta Madrand qui pensait à la même chose qu'eux. Il n'y a rien à l'intérieur, à part des coquillages et des poissons.

Baron respira, soulagé même s'il n'avait pas véritablement craint une découverte macabre. Tanneau se serait tu si le corps de Céline avait été immergé en même temps que l'Acadiane.

— Ça ne va pas être facile de la sortir de là.

Malika Cergi regarda le capitaine avec de grands yeux candides.

— Tanneau ne mentait pas, Capitaine, ponctua-t-elle sans s'intéresser à un aspect technique dont d'autres se chargeraient.

Elle gonfla sa poitrine pour un long soupir, se détacha d'un coup de reins et fit quelques pas distraits.

Baron resta un moment sans bouger. La voix de la juge trahissait une sorte de satisfaction amère, un mélange de ponctuation et d'ouverture de guillemets, une page tournée au bout de trente-cinq années et les premiers mots d'un nouveau chapitre.

— Je vais informer le procureur général.

Une image avait traversé l'esprit de Baron, l'image d'un corps absorbé par la terre. Que pouvaient-ils espérer d'autre ? L'intervention du VAIC annihilerait les doutes…

Elle prit le temps d'ôter ses lunettes, mordilla pensivement l'extrémité d'une branche.

Elle regardait ce grand type avachi sur l'aile de sa voiture, avec ses cheveux en désordre et son prénom de quatrain de Yann-Ber Kalloc'h[5]. Nazer Baron ! La petite cinquantaine et l'allure ralentie d'un gentleman de la City. Il n'était pas dans son assiette. Mauvaise sensation.

— Céline est bien venue à la villa de Voisin, Commissaire, répéta-t-elle, et elle n'en est probablement jamais repartie. Son corps a été enterré dans le parc, les outils de jardin du vieux Costec avaient été bougés. Laissez l'IRCGN s'en occuper.

Elle revint vers lui.

— Ils la trouveront. C'est leur travail. Notre rôle à nous est de découvrir pourquoi. Et pour cela, nous avons besoin de Tanneau.

Et Tanneau voulait sortir d'abord.

Baron observa le visage résolu de la métisse.

— Je vous ramène, décida-t-il pour lui montrer qu'il approuvait.

---

5. Yann-Ber Kalloc'h. Né à Groix le 21 juillet 1888, tué le 10 avril 1917 dans l'Aisne. Célèbre poète de langue bretonne.

Elle se tourna vers Madrand.

— Merci, Capitaine, ajouta-t-elle en ouvrant la portière. Je souhaiterais une réunion de la cellule dans le courant de l'après-midi, voyez ça.

Il remuait encore ses joues rouges quand elle referma d'un geste sec.

VII

Blandine Voisin avait accepté de le recevoir entre deux rendez-vous, son cabinet était dans les étages d'un immeuble presque à l'angle de la rue Jean Macé, on apercevait les bâtiments de la gare par les vitres de la salle d'attente. Elle disposait de quelques minutes.

— Vous avez trouvé quelque chose ?

Elle prit le temps de refermer derrière eux avant de répondre :

— Sur le festival *Elixir* précisément, non. J'ai plusieurs clichés datés de 1979 pris à la villa.

Elle désigna une chaise sur laquelle Baron se posa. Le soleil traçait des figures géométriques sur les murs, atténué par des rideaux fins qui empêchaient de voir depuis les constructions voisines.

— Je ne crois pas que ça puisse vous aider beaucoup.

Elle avait sélectionné une douzaine de photographies, des instantanés de groupes saisis à l'extérieur, autour de la piscine ou à proximité du hangar à bateaux, dans le bas du terrain. Comme des clichés de paparazzi enregistrés sur le vif, que personne n'avait recadrés, aux couleurs saturées. L'eau du bassin était d'un bleu intense qui n'avait rien de très naturel. Tous les tirages portaient une mention manuscrite au verso, « 1979 », « été 1979 », certaines étaient plus précises et Baron s'intéressa aux épreuves marquées « juillet 1979 ». Un trio autour d'une table, Nicolas Voisin sur la droite, en chemisette ouverte sur un poitrail velu, cigare aux lèvres. Un gros médaillon d'or s'accrochait aux touffes de poils. Pierre verte à l'annulaire. Il fixait l'opérateur.

— Qui sont les deux autres ?

— Paul Caroyère, le manager de Métal Birds, c'est pour ça que je l'ai apportée.

L'homme avait la quarantaine mince et des cheveux courts contrastant avec la tignasse ébouriffée du troisième homme, dont on ne distinguait pas les yeux, dissimulés derrière des verres teintés. Trois de ses doigts, serrés autour d'un verre qu'il soulevait légèrement, étaient coupés par des anneaux d'or.

— Et le dernier ?

— Daniel Chalo.

Le chevelu. Daniel Chalo dit Dany Cat. Visage creusé et regard sombre. Il ne souriait pas. En t-shirt délavé d'où émergeaient des bras maigres sur lesquels se dessinaient des tatouages. Os des épaules saillants. Mâchoire carrée mal rasée. On le retrouvait sur d'autres clichés, jamais seul, deux fois en compagnie du même homme, la trentaine comme lui, les mèches rebelles.

— Qui est-ce ?

— Le guitariste de Métal Birds, renseigna Blandine Voisin, il s'appelle Claude Larson. Lui et Daniel sont à l'origine du groupe, ils ont composé tous les titres. Daniel plutôt des mélodies et Claude des thèmes beaucoup plus rock, c'est un excellent musicien.

— Et les filles ? Celles que l'on voit là ?

La podologue secoua la tête.

— Je ne connais pas.

Elle eut un geste négligent.

— Copines d'un jour, peut-être…

Juillet 1979… Métal Birds avait séjourné au *Hangar* le mois de la disparition de Céline, le groupe était au programme de la première édition du festival *Elixir* à Irvillac, à trente kilomètres de là, le samedi soir, Céline aurait aimé assister au concert mais personne n'avait accepté de l'y emmener. Tanneau avait été recruté le dimanche, la camionnette avait été volée à Montreuil le lundi et Tanneau avait repéré les lieux le lendemain, Céline avait disparu le mercredi.

— Vous avez pu les retrouver ? s'inquiéta Blandine Voisin.

— Nous attendons la réponse d'Universal Music.

Elle tira sur l'anse de son sac à main.

— Si çà vous intéresse… Je l'ai réécouté dans la voiture ce matin.

Il prit le CD qu'elle lui tendait. Photo psychédélique traversée par des éclairs noirs jaillissant d'un poing fermé. Métal Birds. Le groupe avait tracé son sillon dans la musique des années soixante et soixante-dix, il ne déviait pas de sa trajectoire.

— C'est leur dernier, sorti il y a six mois.

— C'est bon ?

— Pour qui aime ça, oui.

Le cliché au verso montrait les musiciens en contre-jour, ombres noires sur lesquelles s'imprimaient en lettres jaunes les titres de l'album. Enregistrés et mixés à *Océan Studios - Los Angeles - Californie.*

— Ils travaillent aux États-Unis ?

— Ils y vivaient à une époque. Daniel Chalo en tout cas. Il y est peut-être toujours, comme beaucoup.

— Il y était en 1979 ?

— Je n'en sais rien.

— Je vous le rendrai, assura Baron.

Il revint aux photographies.

— C'était comment avec eux ? Sexe, drogue ?

— Sexe sûrement. Pour le reste…

Elle se pencha vers les instantanés éparpillés, collant sa poitrine au plateau du bureau.

— Vous avez vu la tête de Larson ?

Teint pâle, paupières tombantes, pupilles contractées. Des signes cliniques.

— À part peut-être l'eau de Javel, et encore… je ne jurerais même pas qu'il ne s'en soit pas aussi injecté dans les veines.

— Je croyais que votre père n'acceptait pas ça ?

— Je n'ai jamais vu mon père fumer ne serait-ce qu'un joint…

Elle se redressa, elle était attendue.

— Je peux vous les laisser si vous voulez, je les ai scannées avant de partir.

— Merci.

Il ne savait pas très bien ce qu'il pourrait en faire. Tous ces gens-là accusaient trente-cinq années de plus et rien ne disait que tous vivaient encore, Nicolas Voisin n'était en tout cas plus là pour raconter ce qu'il avait vécu.

Baron repoussa son siège avec une inquiétude. Si les membres de Métal Birds vivaient aux États-Unis, leur audition n'allait pas s'en trouver facilitée.

*

D'un doigt négligent, Malika Cergi repoussa la mèche rebelle qui lui caressait la joue et accrocha au passage l'anneau d'or de sa boucle créole. Elle secoua la nuque, en profita pour jeter un coup d'œil rapide en direction de son voisin en se demandant s'il dormait.

Le menton dans la paume, le regard filtré par des paupières à demi fermées, le commissaire Baron paraissait en effet assoupi. Endormi ou égaré sans boussole dans les brumes atlantiques. Il n'avait pas exprimé la moindre opinion depuis dix bonnes minutes. Elle gomma cette sensation. En réalité il écoutait, c'était le timbre monocorde de la voix du capitaine qui créait l'illusion d'un ronronnement stérile.

— … Dans son agenda, soliloquait l'officier, Eddy Simonos note être arrivé dans la région le vendredi 13 juillet. Ce jour-là, Céline était à Brest avec Claire Caudal pour une séance de shopping. C'est au retour qu'elle a émis le souhait d'assister le lendemain au festival *Elixir*, mais personne ne pouvait l'y emmener. Elle a accusé le coup…

Il marqua une pause pour s'assurer d'être bien compris :

— Simonos-Voisin, lui, a passé le week-end à Irvillac où se produisait l'un de ses poulains, Dany Cat et le groupe Métal Birds, il séjournait au *Hangar à bateaux* et il est reparti à Paris le lundi… Toujours selon son propre agenda.

— Vous avez quelque chose sur ce festival ? interrompit le magistrat.

— Surnommé le Woodstock breton par la presse. C'était la première édition, il a duré sept ans et a reçu des pointures comme Murray Head, Tina Turner, Joan Baez, Joe Cocker…

— Et sur Dany Cat ?

— De son vrai nom Daniel Chalo, répondit le capitaine Madrand. Né le 9 octobre 1943 à Reims, il a enregistré son premier 45 tours en 1966 sous le label Ponant Production. Le groupe s'appelait déjà Métal Birds, Chalo s'est fait un nom ensuite en tentant une carrière solo qui est restée éphémère, avant de reformer le groupe qui continue depuis d'enregistrer, même si on ne les a plus vus sur scène depuis des années. Leur dernier album est sorti il y a six mois.

Plutôt bon, estimait Blandine Voisin. Baron était de cet avis, il en avait écouté quelques plages dans sa voiture. Entre le gros son de la guitare de Claude Larson et le clavier plutôt léché de Daniel Chalo, l'ensemble dégageait une atmosphère proche des univers du Led Zep' ou de Sex Pistols. Métal Birds ne se trahissait pas.

— J'ai contacté Universal pour les coordonnées…

Malika Cergi opina avant d'enchaîner :

— On sait donc que Céline n'a pas bougé du week-end hormis ses sorties en mobylette. Vous êtes arrivé le samedi, Commissaire…

Baron dirigea son regard vers elle.

— … Vous avez retrouvé Céline le lundi, Voisin était rentré à Paris, on ignore où se trouvait Métal Birds, même si l'on sait que le groupe a séjourné à la villa en juillet. C'est ce jour-là que Tanneau a volé la camionnette à Rambouillet. A-t-on eu confirmation ?

— Pas encore, c'est trop ancien pour apparaître au fichier.

— Tanneau a maquillé l'Acadiane et s'est installé dans un hôtel en face de la gare de Morlaix, il a attendu… Il ne s'est rien passé le mardi, sinon que Tanneau dit avoir effectué un repérage du côté de la pointe de Brenterc'h, il a retenu la crique de Locméven. Tout était donc prévu. Le mercredi, Tanneau a quitté Morlaix, il était accompagné. Céline a été kidnappée en fin de matinée et emmenée au *Hangar*, Tanneau a balancé l'Acadiane à la mer et il est rentré à Paris où Voisin, de son côté, avait rendez-vous avec Albert Raisner pour préparer l'enregistrement d'une émission. Il était de retour à Ploumoguer le vendredi et il a rappelé les Costec dès son arrivée, la villa était vide, les outils avaient été déplacés et Céline avait définitivement disparu.

Baron, cette fois, fermait les yeux à la manière d'un chat. Il feignait le sommeil, une main négligente jouant avec un stylo qu'il faisait rouler devant lui. La digression n'avait pas apaisé son humeur, le silence le rendit plus attentif à l'environnement, il écarta les paupières et considéra les enquêteurs groupés autour de la table.

— Le point névralgique s'est déplacé, dit-il pour montrer que son esprit ne s'était pas absenté.

Tout ne s'était pas joué autour de Ploumoguer, la disparition de Céline avait été décidée à Paris et planifiée. Rien n'avait été laissé au hasard.

— Il est très possible que Céline ait eu l'occasion de rencontrer l'un ou l'autre de ses ravisseurs auparavant... analysa-t-il. C'est même devenu vraisemblable. Métal Birds ou Dany Cat... Voisin... Je ne sais pas. Elle en connaissait un. Au moins un...

Il soupesa l'entassement de pièces de procédure, les kilos de témoignages et de vérifications. Rien n'avait été ignoré, l'emploi du temps de Céline dans les dernières semaines avait été épluché, des témoins avaient été entendus. On savait qu'elle sortait beaucoup mais ces noms-là n'apparaissaient nulle part.

— Il faut que je rencontre les parents Boulher.

Il se redressa.

— Céline avait une copine à Aulnay.

— Edwige Colot, confirma Madrand. Elles allaient au cinéma, elles fréquentaient les boîtes avec des copains. Edwige Colot a fourni des noms mais les investigations n'ont rien donné à l'époque. On va les reprendre.

— Tanneau doit vous communiquer un nom, rappela Malika Cergi.

Baron montra qu'il s'en souvenait, mais Tanneau voulait sortir d'abord et tout cela ne se ferait pas en quelques heures.

— Les techniciens de l'IRCGN seront ici dans la soirée.

Il observa la métisse sans répondre. Un nouveau tableau avait été rempli, des noms inconnus jusqu'alors avaient été écrits, des lieux ignorés, des horaires, des mouvements... Des noms restés cachés pendant trente-cinq ans parce que personne ne les avait évoqués, à une époque où il était infiniment plus difficile de retracer les emplois du temps. Il fallait encore donner une cohérence à tout cela mais ils avaient ouvert une piste.

— Je crains qu'on ne se soit pas suffisamment intéressés à Céline… regretta Malika. Pourquoi n'avons-nous jamais entendu parler de ces gens-là ?

Avec la juge, Baron éprouvait la curieuse sensation de ne pas avoir besoin de parler, ils pensaient la même chose au même instant.

— Elle est sortie le dimanche après-midi, confirma-t-il néanmoins, c'est à ça que vous pensez ?

Céline avait emprunté le cyclomoteur de son cousin pour se rendre à Lesneven, où il n'y avait rien à faire, et elle était rentrée… C'était sa version. S'il n'y avait rien à faire, pourquoi y était-elle allée ? À Lesneven ou ailleurs…

Les enquêteurs de l'époque n'avaient pas répondu à cette question.

*

Les bruits de cuisine s'estompaient, il allait être vingt-deux heures au carillon posé derrière le comptoir et Baron ne pensait à rien de précis dans ce bar où il était seul. Il regardait droit devant lui, sans bouger, en tournant parfois simplement la tête en direction de la porte par laquelle était entrée la serveuse dix minutes plus tôt. La Rose de Tralee et sa figure mouchetée, belle comme un coucher de soleil sur le Derrylea Lough. Elle lui avait souri et il n'avait pas osé lui redemander son prénom…

Ses idées fuyaient dans le vide et il ne faisait rien pour les retenir, c'était des idées sombres et lourdes d'obsessions cafardeuses auxquelles il ne voulait surtout pas donner prise. Il se sentait seul, prisonnier de ce silence mélancolique si particulier aux vieux hôtels de province en basse saison.

Il vida son verre d'un coup, la tête renversée, et se mit à observer la trace de ses doigts sur ce verre qu'il tenait des deux mains à hauteur de ses yeux, les coudes plantés dans les bras de ce fauteuil où il était si facile de somnoler. Ses yeux le piquaient, il aurait sans doute suffi de fermer les paupières et de se laisser aller…

C'était un beau verre aux flancs épais creusés d'alvéoles, dont la transparence lui offrait une vision flottante de la salle, les murs se superposaient. Un vrai désordre de boiseries piqué du miroitement des spots. Il y colla un œil, fit onduler le portrait d'un fumeur de pipe vissé à la cloison et devina, dans la confusion des reflets, l'entrée inopinée de la Rose. Elle s'inquiétait pour lui.

Baron remit le verre en place.

— La même chose, dit-il.

Il n'avait pas sommeil. Il était pourtant fatigué mais il ne voulait pas dormir, sinon les rêves qui viendraient le hanter allaient lui pomper le peu d'énergie qu'il lui restait encore, il devait d'abord recharger ses batteries et trouver un abri sûr pour y cadenasser son obsession.

L'alcool coula de la bouteille et Baron en profita pour regarder les jambes de la Rose, sous la jupe noire arrêtée à mi-cuisses. Rien que les jambes. Il s'obligea à ne pas voir plus haut. Longues et nerveuses. Enfermées dans un nylon fin. De belles jambes. Il s'efforça d'interdire à son imagination de vagabonder sous le tissu.

— Merci…

La Rose sans conteste était une jolie fille, avec ses mèches qui tiraient sur le roux et son visage piqué de grains de la beauté. Il fixa quelques secondes sa silhouette pendant qu'elle s'éloignait, ignora le balancement des hanches sous la jupe serrée. À une autre époque, dans une autre vie, peut-être aurait-il souhaité autre chose…

Il se retrouva seul et de nouveau, trompa l'ennui en goûtant le whiskey. Si Malika Cergi tardait trop, elle allait finir par le trouver légèrement engourdi. Il dînait lorsqu'elle l'avait appelé, toujours sur le pont, elle avait des choses à lui dire et proposait de s'arrêter en passant… Elle l'avait, l'espace d'un instant, délivré du tourment qui affadissait le plat qu'on lui avait servi. Il n'aurait même pas su dire ce qu'il avait mangé.

C'était comme un début de colère qui s'insinuait en lui, il savait qu'il avait le visage dur et le regard lointain. Il s'était trompé. Il n'avait pas encore de certitude mais le soupçon était désormais bien ancré à force d'y penser. Il s'était trompé pendant trente-cinq ans, aveuglé par ses émotions de l'époque. L'adulte, le flic qu'il était devenu depuis, n'avait pas été capable de faire le tri des perceptions.

Céline était sortie le dimanche. Pour aller où ?

Prendre l'air à Lesneven… L'atmosphère dans la maison de la tante lui pesait… Elle avait l'âge des échappées solitaires, il n'avait pas douté.

Mais si c'était autre chose ? Que pouvait-elle être allée faire à Lesneven ou ailleurs ?

Et le mercredi ? Il s'en souvenait avec la précision d'un enregistrement sonore rescapé de sa mémoire : c'était elle qui avait proposé la promenade au lavoir.

Pourquoi n'y avait-il jamais songé ?

Baron ferma les yeux et s'efforça de créer l'image sous son crâne pour s'évader. Appeler les fantasmes à la rescousse pour écarter la suspicion qui le corrodait. Fuir.

Il se demanda ce que faisait Odile à cet instant, elle venait de rentrer lorsqu'il l'avait appelée. Elle se couchait de bonne heure. Elle se levait de bonne heure. Elle se dessinait sur l'écran de ses paupières closes, esquisse encore floue émergeant du brouillard des mauvaises pensées qui planaient sur sa solitude, et enfin il la vit. Il aurait aimé tendre la main pour la toucher. Une nudité moite. Il sentait son odeur, un parfum boisé… Il aurait aimé ne plus penser à rien.

Le tintement de la porte, de l'autre côté de la cloison du bar, le fit sursauter avant qu'il ne soit définitivement enlisé dans les songes, il serra mécaniquement les doigts sur son verre, leva le poignet, adopta une pause qu'il espérait concentrée.

Malika Cergi traversait l'espace pour venir s'asseoir dans le fauteuil voisin.

— Je vous fais attendre…

— Sans importance, articula-t-il en remuant sur son siège, vous prenez quelque chose ?

— Un thé, je veux bien…

Elle rencontra ses yeux et comprit que son regard était perdu l'instant d'avant. Il était ailleurs, elle le dérangeait.

— On a reçu la réponse d'Universal Music, annonça-t-elle sans autre préambule, ça va être un peu compliqué. Daniel Chalo vit aux États-Unis depuis des années.

— On s'en doutait, non ? rétorqua-t-il doucement en chiffonnant sa contrariété. Le dernier album a été enregistré à Los Angeles.

Le bruit de la clochette avait alerté la Rose qui pointait le bout de son nez dans l'ouverture du couloir. Baron commanda un thé et attendit dans le silence. Il n'avait plus envie de son verre, le malaise avait fui, il voulait maintenant dormir et remettre au lendemain le soin d'analyser tout cela.

— Il ne revient jamais en France, insista Malika dès qu'ils se retrouvèrent seuls, ils n'ont même pas d'adresse.

Il ne broncha pas.

— Comment correspondent-ils ?

— Par l'intermédiaire d'un agent, un cabinet d'avocats de San Fransisco, tout passe par eux. Les contrats, les droits…

— Et les concerts ?

— Métal Birds n'est plus monté sur scène depuis deux décennies.

Elle se suspendit à son regard avant d'asséner :

— Parce que Métal Birds n'existe plus, Commissaire.

— J'ai écouté leur dernier disque dans la voiture. Dans les bacs depuis six mois.

— Et alors ?

— Pas mauvais… Piano-guitare. J'ai trouvé qu'il y avait du Jimmy Page dans les riffs de Larson. Page a joué dans les Yardbirds avant de fonder Led Zeppelin, je me suis demandé si le nom de Métal Birds ne venait pas de là.

Il usait d'un langage hermétique pour elle, Led Zeppelin avait quitté les feux de la rampe en décembre 1980, elle n'était peut-être même pas née.

— Pas votre truc ? s'inquiéta-t-il.

— Ça peut le devenir…

Elle pencha le buste comme pour livrer un point de vue méritant une plus grande attention.

— Je vous promets de l'écouter… Seulement vous appréciez les riffs d'un fantôme, Commissaire, Larson est mort d'une overdose il y a plus de quinze ans, en Afrique.

Il la fixa, avec des idées qui défilaient en lui trop rapidement. Il avait conscience d'avoir des gestes engourdis, ce décalage l'exaspérait.

— Vous voulez dire que ce n'est pas lui qui joue ?

— Si.

— Ce sont des cessions posthumes ?

— Il existe des kilomètres de bandes enregistrées. Chalo et Larson passaient leur temps en studio.

— Uniquement des vieux titres ?

— Des inédits tout juste remasterisés, dit-elle, mais qui s'écoulent encore à quinze ou vingt mille copies. Un album tous les cinq ans. La mort de Larson est passée inaperçue du grand public, ce n'était pas lui le leader. Les fans le savent, mais ils restent fidèles.

Jimmy Hendrix avait bien sorti douze albums studio posthumes et une vingtaine d'enregistrements *live*. Sans parler des compilations et des *dagger records*, les disques pirates…

— Tant que ça marche… opina-t-il avec lassitude. *The business must go on*[6]…

---

6. *Les affaires doivent continuer…*

— Qui gère l'héritage ?

— Maîtres Chapman et Kirkbill, avocats associés à San Francisco.

— Pour le compte de Daniel Chalo ?

— Et des ayants-droit de Larson. Il était marié et il avait une fille.

Baron s'obligea à chasser toute pensée de son esprit et à respirer lentement. Malika n'avait sûrement pas tort, ça n'allait pas être facile d'obtenir une adresse de la part de Chapman et Kirkbill.

— Ça n'a pas l'air d'aller.

Il balaya l'air. Il avait envie de retrouver l'image d'un corps moite à l'odeur boisée et de s'endormir avec.

— C'est tout ? s'inquiéta-t-il.

— Non. Une dernière chose et je vous laisse réfléchir à tout ça.

— Je suis prêt…

Elle sourit en soulevant sa tasse dont elle avait retiré le sachet, et prit le temps de boire penchée en avant, comme pour protéger ses cuisses d'éventuelles chutes de gouttes.

— Chalo s'est installé aux États-Unis au début des années quatre-vingt, dit-elle ensuite, il a obtenu la nationalité américaine en 1988, il en a profité pour changer de nom, ce qui est parfaitement légal, et il a renoncé à la nationalité française. Il s'appelle désormais Duncan Crawley. On ne sait rien d'autre.

— Il a juste conservé ses initiales.

— Ce n'est pas à ça que je pensais.

— Vous pensez qu'il n'aurait pas fait mieux s'il voulait disparaître.

— Et se mettre à l'abri. Les États-Unis n'extradent pas leurs ressortissants.

Elle avait fait apparaître un papier entre ses doigts, il tendit la main.

— Les coordonnées de Paul Caroyère, dit-elle, il a pris sa retraite il y a dix ans, il vit à Paris, dans le Marais.

VIII

Mercredi… Le vent marin balayait Ploumoguer.

De sa position, Baron avait vue sur le Christ de granit surmontant le monument aux enfants de la commune *maro er vrezel*, à l'angle du cimetière entourant l'église. Même dans ce village du bout du monde, ils avaient été des dizaines fauchés par la mitraille prussienne, étouffés par les gaz ou couchés d'épuisement, leurs noms gravés dans la pierre avaient été classés par tranche annuelle de l'interminable boucherie. L'instituteur était tombé en 1915.

Baron souleva sa tasse, l'esprit lointain. François Traon avait eu plus de chance, trois fois blessé, arraché à l'ypérite par les gestes salvateurs d'un camarade de tranchée, éclopé, invalide, cauchemardeux, silencieux… Brisé… Mais vivant. Un siècle plus tard, l'un de ses descendants s'attardait sur la place centrale d'une bourgade qu'un soleil timide s'efforçait de réchauffer.

Baron fouilla ses poches à la recherche de monnaie mais ne se leva pas pour autant, il n'était pas pressé.

C'était son deuxième café et il se laissa un instant caresser par l'envie d'une pression.

C'était comme la fin d'un voyage, quand l'essentiel du trajet est fait et qu'il ne reste plus qu'une courte distance à parcourir, que l'on sait que la maison sera froide et que l'on veut profiter encore des derniers rayons avant de franchir le seuil. Il temporisait sans trop penser à ce qui l'attendait. C'était l'appréhension qui l'avait fait s'arrêter là, il n'était pas prêt. Car Céline était morte, il le savait maintenant. Morte et fiévreusement enterrée dans un parterre du *Hangar*, enveloppée précipitamment dans un vulgaire linge, un drap ou une couverture, en tout cas il l'espérait... On allait la trouver, la sortir de son tombeau. Elle allait rentrer. Il devait contacter les Boulher.

Il releva la tête, alerté.

La vieille Hortense Costec remontait le trottoir, l'épaule alourdie par un cabas. Elle l'avait reconnu en sortant du Coccimarket.

— Vous voilà revenu, dit-elle en s'arrêtant.

Il opina en silence, montra le siège près de lui.

— Je vous offre un café, Hortense ?

Un bon motif pour s'attarder encore, il dirait à Malika Cergi qu'il avait voulu revoir les Costec. Elle devait déjà être là-bas.

— J'en consomme bien assez comme ça, refusa la vieille.

Elle prenait place tout de même, en soufflant pour chasser les miasmes de sa fatigue. L'effort avait été rude, le sac avait des flancs cabossés par les provisions entassées.

— C'est vrai ce qu'on dit ?

Elle plissait le front après avoir reniflé bruyamment. C'était la chaleur qui lui encombrait le nez, la laine noire qui couvrait son torse.

— Que dit-on ?

— Que les gendarmes étaient à la pointe de Locméven hier, des plongeurs de la gendarmerie maritime. Il y avait une dame avec eux.

— Elle est juge, révéla Baron.

— Ils ont trouvé quoi ?

— Ce qu'ils cherchaient.

— Évidemment... Sûrement pas la gamine, depuis le temps, elle serait remontée.

— Comment va Mikelig ?

— Pas très fort. Ça l'a remué, tout ça.

Elle secoua la tête en reniflant encore, plus par habitude que par besoin, chassa du dos de la main une goutte imaginaire sur le bout de son nez avant de confier :

— Il n'aime pas ça parce qu'au fond, il l'appréciait bien, le père Voisin... Sûr qu'ils n'étaient pas du même monde, mais il avait le respect, il disait que c'était un Monsieur ! Vous ne trouvez pas ça drôle, vous ?

Baron resta silencieux, nuque renversée pour laper une dernière goutte de café dans le fond de sa tasse vide. Qu'aurait-il dû trouver drôle ? Il tourna une tête interrogative en direction de la vieille.

— Quand il était à la conserverie, mon Mikelig n'avait pas de mots assez durs pour les bourgeois. Le poing levé et l'Internationale pendant les défilés ! *Mallozh ruz d'ar vourhizien !*[7]... Sûr ! Et après ça, « Monsieur »...

Elle se moquait gentiment avant de songer à autre chose :

— Vous savez que Blandine nous a téléphoné ?

7. *En breton :* Malédiction aux bourgeois !

— Que voulait-elle ?

— Vous veniez de partir, elle ne savait pas pour les outils déplacés.

— Je ne le lui avais pas dit.

— N'empêche… Mon Mikelig, il n'arrête pas d'y penser depuis. Il refuse de croire que le père Voisin ait pu être impliqué là-dedans, ça lui tourneboule l'*empenn*[8], vous comprenez ? Déjà qu'il ne parlait pas beaucoup.

— Il n'y est pour rien, traduisit Baron.

— Vous croyez qu'elle est là-bas, la petite ?

— Sans doute…

Il devait rencontrer les parents Boulher, les informer très vite.

— Il s'est souvenu d'autre chose ?

— Il dit qu'il avait remué la terre la semaine précédente… pour pailler des massifs.

— Lesquels ?

— Ceux qui longent le mur, sur la gauche. Il n'avait pas eu le temps de s'occuper des autres.

Baron consulta sa montre.

— J'ai été heureux de bavarder avec vous, Hortense, mais je dois y aller.

— Il me reste cinq cents mètres à faire.

— Je vous dépose…

Cette fois il se leva et attrapa l'anse du cabas pour soulager la vieille. Il était garé de l'autre côté de la place, devant la maison de Jadis. Elle se laissa aller dans le baquet du siège et observa le tableau de bord comme on guette une batterie d'instruments de vol, en ravalant ses commentaires. Son Mikelig roulait en 205 automatique modèle 1988. Elle fit face à la rue.

---

8. *En breton : le* cerveau.

La chaîne avait repris la diffusion du dernier album de Métal Birds lorsque Baron démarra, un peu trop fort sans doute. Il brida le volume d'une pression des doigts sur la manette, s'engagea sur la voie.

— Vous les reconnaissez ?

Il avait sorti de sa poche les clichés confiés par Blandine Voisin et Hortense Costec profita du trajet pour les examiner.

— Lui, c'est Chalo, dit-elle après un moment, Dany Cat. L'autre, le chevelu, je crois qu'il s'appelle Claude... C'est son copain. Enfin, il l'était à l'époque. Un fêlé... C'est Blandine qui vous a donné ça ?

— C'est elle. Et le troisième, cheveux courts et lunettes noires ?

— Il ne me dit rien.

Elle rendit les portraits et s'absorba dans la contemplation d'un paysage où elle avait passé sa vie. La voiture ralentissait déjà.

*

Le VAIC avait décollé depuis quelques minutes et longé le mur d'enceinte en direction de la mer, sous l'œil attentif de l'opérateur qui le pilotait à distance. Ses six hélices froissaient l'air à quinze mètres du sol, le vecteur aérien d'identification criminelle enregistrait une image globale de la scène qu'il restituait en trois dimensions, un tassement anormal du terrain ne lui échapperait pas. Baron avait signalé les dernières réminiscences du vieux Mikelig et la terre remuée pour pailler les massifs.

Au sol, un springer spaniel s'était mis à fureter dans les plantations mélangées au pied de la muraille, suivi par son maître-chien, indifférent au vrombissement du drone qui le survolait. Baron contemplait tout cela avec un détachement affecté qu'il était loin de ressentir, il avait comme une douleur au cœur, une pression mêlée de tristesse et d'impatience, il avait hâte que tout soit fini, hâte de savoir et hâte de s'en aller…

Il baissa les yeux pour regarder le miroir que formait la surface du café, dans la tasse que lui avait servie madame Palvic, en remuant doucement le poignet pour se perdre dans les éclaboussures de soleil noir. Ainsi il pensait avoir trouvé le coin idéal, derrière la baie vitrée, idéal pour supporter l'instant sans en être affecté, protégé par un écran de verre qui étouffait les sons. Il ne savait pas s'il réfléchissait, il pensait à Céline qui avait disparu sans crier gare, évaporée comme un mouton de poussière par un jour de grand vent, absorbée par la terre. Trente-cinq années de démarches inutiles n'avaient pas permis de retrouver sa trace, et il avait suffi d'un bonhomme à bout de souffle, d'un énergumène cachectique rongé par le cancer pour arriver ici en quelques heures.

Baron leva le coude et grimaça. Le café n'était pas sucré. On ne lui avait pas posé la question et il n'y avait pas pensé. Maintenant madame Palvic avait disparu, elle s'était enfermée quelque part dans la maison, elle téléphonait, elle était du genre à téléphoner beaucoup. Parce qu'elle était du genre à ne pas supporter la vie dans cette bâtisse isolée et Baron pensa que ce qu'on était en train d'y faire n'allait pas l'y aider. À la place du chirurgien de la Cavale Blanche, il se serait méfié…

Il posa sa tasse sur une desserte et redressa le front. La bête tournait au cœur du massif, elle avait marqué en grattant le sol avant de se coucher, et de l'angle de la pièce où il s'était planté, Baron continuait d'observer la scène en silence. Le corps de Céline n'avait sans doute pas été enterré profondément, pas à plus de 80 centimètres, le springer spaniel sortait du centre d'instruction cynophile de Gramat, il s'appelait Pasha, il avait mis peu de temps pour repérer l'odeur.

Le technicien avait pris le relais pour une inspection rigoureuse en surface avant d'organiser la fouille, il avait pénétré dans les plantations pour déterminer une zone et commencer à creuser. Il notait tout, photographiait ce qu'il trouvait avant d'opérer un prélèvement, enfonçait sa truelle avec précaution pour dégager une cavité d'une cinquantaine de centimètres. Il sondait l'endroit marqué par le chien.

Il mit longtemps avant de se redresser, Malika Cergi n'avait pas bougé non plus de la chaise de jardin dans laquelle elle s'était assise, le regard protégé derrière ses verres teintés. Elle avait cessé de tourner la tête pour voir ce que faisait Baron, peut-être qu'elle aurait aimé le voir s'installer près d'elle, mais Baron aimait la solitude, surtout face au grand large.

Elle se leva. Baron la suivit des yeux pendant qu'elle traversait l'étendue de pelouse en direction du massif, il la vit plier les genoux, le sous-officier de l'IRC avait plongé la main dans la fosse et dégageait quelques ultimes mottes de terre sèche. Il tournait le dos, concentré sur sa tache, finit par saisir un sac de plastique dans lequel il glissa un indice prélevé au fond de l'alvéole.

Baron préféra ne pas les rejoindre, il sortit quand même, se dirigea d'un pas qu'il voulait tranquille jusqu'à l'angle de la terrasse et attendit que la juge se soit redressée, elle n'avait pas prononcé un mot et resta un long moment immobile, la tête baissée dans une pose absorbée. Baron avait les mâchoires crispées. Malika Cergi se décidait à marcher vers lui. Il savait déjà ce qu'elle allait lui dire. Il avait mis trente-cinq ans pour parvenir jusqu'ici.

— On a retrouvé un corps… articula-t-elle d'une voix qui se voulait lénifiante.

Elle l'observait de ses petits yeux concentrés. Baron se perdit dans les myriades d'étoiles qui dansaient à la surface de la mer en saupoudrant l'archipel de Molène. L'air sentait l'herbe coupée. Il resta immobile.

— Enterré depuis longtemps. Une femme sans doute… précisa Malika. Vous reconnaissez ?

Il baissa les yeux. Le sachet contenait une sorte de cadran aux arêtes métalliques rongées. Le verre avait résisté au temps et à la pression du terrain, protégeant les aiguilles noircies qui ne s'étaient pas totalement pulvérisées. Une montre de femme.

— Non… dit-il.

La tristesse lui faisait soudain songer à ses étés d'enfance. Une sensation de manque.

— Céline avait bien une montre ce jour-là, ajouta-t-il en se remémorant leur promenade, elle a regardé l'heure, nous étions au lavoir, c'est elle qui a décidé qu'il était temps de rentrer… Mais je ne me souviens pas de la montre.

— Il faut absolument interroger les parents Boulher, dit-elle, nous ne pourrons pas garder le secret longtemps.

— Je vais y aller.

— Demandez-leur si ce bijou leur dit quelque chose.

Il opina en silence, songeant à Charles et Éliane Boulher, reclus dans leur pavillon de banlieue. Il s'apprêtait à leur asséner une nouvelle qui allait les tuer.

— Vous avez un vol un peu après à treize heures, vous pouvez y être en début d'après-midi.

Il rendit le sachet.

— Faites-moi suivre un cliché. Et Tanneau ?

— Le juge rendra son ordonnance avant la fin de la semaine, Tanneau sortira aussitôt.

Pour leur fournir un nom.

Baron hésitait. Il ne voulait pas partir comme ça et dans le même temps, il éprouvait une lourdeur dans les jambes. Il finit par quitter la terrasse pour fouler maladroitement le tapis de gazon en direction de la fosse, autour de laquelle s'activaient désormais trois gendarmes de l'Institut de Recherche Criminelle, qui grattaient précautionneusement la paroi à l'aide de petites pelles. Il se contenta d'un regard.

La fraction supérieure du squelette était apparue dans la cavité creusée, on distinguait une partie du tronc, le bras sur lequel avaient été prélevés les restes corrodés de la montre, un morceau de la cage thoracique et la base de l'épaule. Il traînait encore des lambeaux de vêtements accrochés aux ossements.

Des fragments de couverture. Le corps avait été enroulé dans un plaid, rongé par les années.

Il avait retrouvé Céline…

Baron s'éloigna sans un mot.

IX

— Laissez-moi là…

Le taxi s'immobilisa le long du trottoir. Le commissaire régla la course, empocha un justificatif et posa le pied sur la chaussée. C'était la seconde fois qu'il venait ici, route de Bondy à Aulnay-sous-Bois, de longues années après avoir rendu une première visite au couple Boulher dans son pavillon de brique. Il lui semblait que rien n'avait changé.

Il regarda s'éloigner la voiture et se mit à marcher, coincé entre le mur et la file de véhicules stationnés le long de la voie. Il avait eu envie de finir à pied. C'était Charles Boulher qui lui avait répondu peu avant l'embarquement à bord du vol d'Air France, un Charles Boulher à qui il avait menti en prétendant se trouver déjà en région parisienne. Il était attendu. Visite de courtoisie. Il ne voulait surtout rien dire par téléphone.

Baron croisa la chaussée de la rue de Pimodan et poursuivit sa flânerie, regard levé en direction des constructions sur sa gauche. Une rangée de maisons individuelles plantées dans des jardins pelés. Celle du couple Boulher présentait une façade noircie, le portail était ouvert, la voiture stationnée dans l'allée menant au garage. Baron traversa en diagonale et n'eut pas besoin de sonner, Charles Boulher guettait derrière sa vitre, il se précipita pour ouvrir alors que Baron grimpait la volée de marches usées.

— Nazer!... dit-il. Ça fait longtemps.

Baron avait eu le temps d'y songer pendant le vol, leurs contacts n'étaient pas réguliers, ils se téléphonaient parfois et c'était surtout Charles qui appelait, ils ne s'étaient pas vus depuis plusieurs années.

— Entre...

Le couloir était sombre. La cuisine sur la droite. Une salle en longueur de l'autre côté, autrefois salon-salle à manger dont on avait abattu la cloison de séparation pour créer un espace plus vaste. Éliane attendait là, à l'angle d'un canapé fleuri dont elle se souleva pour saluer Baron.

— Comment allez-vous, Éliane?

Il l'embrassa. Elle avait l'aspect d'une vieille femme épuisée, la poitrine creuse et les cheveux permanentés colorés d'une vilaine teinture blond-roux. Elle répondit d'une simple mimique silencieuse qui ne signifiait rien, se laissa retomber et attendit sans un mot, les doigts crochus comme des serres agrippés à l'angle que formaient ses genoux.

— Assieds-toi là!

Charles prenait l'initiative. Lui aussi accusait les années, le crâne devenu presque chauve et les épaules arrondies sous un gilet de laine feutrée. Il s'était voûté, le dos de ses mains était tavelé de taches de vieillesse et il avait le timbre désormais chevrotant de quelqu'un qui puise dans ses ultimes réserves. Quel âge avait-il ? Soixante-quinze, presque quatre-vingt peut-être…

— Tu n'as pas changé, dit-il, ça me fait plaisir que tu sois passé.

— Et réciproquement, Charles.

— Que fais-tu dans le coin ?

— Besoin de vous voir, répondit prudemment Baron.

— Ça remonte à tellement loin, répéta Boulher. Quelques années, hein ? Je suis content que tu te sois arrêté.

Il frottait ses paumes sèches l'une contre l'autre comme s'il avait eu besoin de se réchauffer.

— Et tes enfants ?

— Ça va, rassura Baron, j'ai un petit-fils depuis décembre, sa sœur vient d'avoir deux ans[9].

— Heureux homme, alors, apprécia Boulher sans paraître le penser vraiment.

Il souriait mécaniquement, son visage piqué de poils de barbe creusé par des rides épaisses.

— Et nous, on ne change pas, tu vois. Sauf les années qui passent… On n'attend plus grand-chose.

Il semblait espérer une approbation d'Éliane qui resta muette.

— Tu avais besoin de nous voir ? s'étonna-t-il après un temps.

— Je dois vous parler, Charles.

— De… ?

— L'enquête… À propos de Céline.

— Tu as du nouveau ?

---

9. *Voir* L'inconnue de Nantes, *même auteur, même collection.*

— Peut-être.
— Qu'est-ce qui se passe ? s'effaroucha soudain le vieil homme.
Il était tendu.
— On vient de retrouver un corps, énonça doucement Baron, il est possible que ce soit elle…
Les derniers mots s'échappèrent lentement entre ses dents :
— En fait, nous sommes quasiment certains que c'est bien elle.
Le cri que poussa Éliane fut un cri d'oiseau éraillé, un signal d'agonie lancé à la ronde lorsque bondit le chat. Baron la regarda. Elle était exsangue et baissait les yeux sur ses genoux, il ne voyait que le haut de son front et les raies dans ses cheveux blond-roux. Elle aussi devait avoir autour de soixante-quinze ans, elle avait passé la moitié de sa vie à craindre l'instant présent, et maintenant elle s'effarait d'y être.
— Où ? souffla Charles. Où l'avez-vous trouvée ?
— Pas très loin de l'endroit où elle a disparu, dans une propriété près de Ploumoguer. On a appris il y a quelques jours seulement que c'était là qu'elle avait été amenée.
— Par qui ?
— Par un petit voyou qui nous a indiqué le lieu, c'est lui qui conduisait la camionnette blanche.
— Qui ? Pourquoi il a fait ça ?
Le cri d'Éliane s'était mué en plainte, une sorte de très long sanglot mais il n'y avait pas la moindre larme, un sanglot sec d'autant plus intolérable.
— Éliane, s'inquiéta Baron, ça va aller ?
Il n'aurait peut-être pas dû être aussi direct. Ils avaient pourtant bien dû y penser lorsqu'il avait

appelé. Le temps n'avait pas suffi pour gommer la douleur. Il voulut lui prendre la main mais elle la retira avec brusquerie.

— On ne sait pas encore ce qui s'est passé, dit-il en levant péniblement la tête. L'homme doit être interrogé, il s'appelle Tanneau, Jean-Louis Tanneau… Ce nom vous dit quelque chose ?

— Laissez-la, gémit Éliane.

Elle n'écoutait pas. Elle avait fermé les yeux, tout était tassé en elle, ses poings, ses épaules, sa tête. L'image effrayante de la souffrance.

— Non, murmura Charles, pourquoi ça nous parlerait ?

— Parce que Tanneau vivait à Paris, la camionnette a été volée à Montreuil, Céline habitait Aulnay, il semblerait que tout ait été décidé ici. Nous devons reparler de ça.

— Laissez ma fille tranquille, supplia Éliane.

Presque désespérée. Elle avait relevé le front et ouvert des yeux angoissants de fixité. Son visage s'était métamorphosé, on y lisait comme une sorte d'épouvante.

— Vous ne voulez plus savoir ? s'émut Baron.

— Ce n'est pas elle !

— Nous en sommes certains, Éliane.

— Ce n'est pas possible !

Il bougea sur son fauteuil qui craqua dans le silence.

— La propriété appartenait à un Parisien, énonça-t-il lentement, nous savons que Céline y a été amenée, nous pensons que quelqu'un dans la maison la connaissait et qu'il s'était passé quelque chose entre eux auparavant, à Aulnay ou à Paris.

— On a toujours dit que ce fut elle comme ça aurait pu être une autre… protesta Charles.

— On ne le pense plus, Charles, démentit Baron, il y avait quelque chose d'autre. Céline n'était pas une inconnue rencontrée par hasard, son enlèvement était décidé depuis plusieurs jours.

Il fouilla sa poche à la recherche de son portable, sélectionna le cliché que lui avait fait suivre Malika Cergi.

— Vous reconnaissez cette montre ?

— Je ne me souviens pas, regretta Charles qui s'était penché aussitôt.

— Je vous dis que ce n'est pas à elle ! rugit Éliane en se redressant.

Elle n'avait même pas regardé. Elle ne voulait pas comprendre. Elle avait passé trois décennies à appréhender cet instant et voilà qu'elle y était, au milieu de son salon.

C'était insupportable.

— Pourquoi dis-tu ça ? s'irrita Charles avec une soudaine impatience. Céline avait un tas de bijoux et on ne se rappelle pas de tout.

— Moi si !

— Peut-être pas… Tu as pu oublier.

— Tais-toi !

Il avait sursauté et la colère le prit :

— Pourquoi je me tairais ? C'était ma fille aussi !

— Ta fille…

Éliane crachait du venin.

— Ta fille… répéta-t-elle avec mépris. Salaud !

L'insulte terrassa Baron. Charles avait accusé le coup et Éliane en profita pour se jeter en avant avec un horrible gémissement, crochant le cellulaire dont elle fixa longuement l'écran en secouant la tête. Un geste de dénégation.

— Oui, articula-t-elle tout à coup, c'est bien à elle, je la reconnais… Je la reconnais !

Elle s'agitait soudain, prise d'une sorte de frénésie.

— C'est moi qui la lui avais offerte ! Mon Dieu… Je ne sais plus à quelle occasion mais je m'en rappelle bien ! C'est à elle !

Elle hurlait, une exaspération inexplicable la soulevait de colère.

— Je veux que vous me rendiez ma fille ! Vous entendez ? Laissez-la tranquille ! Tranquille !

Elle se leva dans le mouvement et contourna le fauteuil dans lequel frissonnait Baron, quittant la pièce sans un regard en direction de Charles, pâle comme un linge. Ils l'entendirent grimper bruyamment les marches, ses pas claquèrent à l'étage, puis brusquement le silence…

Baron fixa Charles Boulher, tétanisé. C'était au tour du vieil homme de présenter l'image du désespoir, il fixait le sol à ses pieds, tassé dans un corps privé de ses attaches, les joues diaphanes.

— Je suis désolé, se morigéna Baron.

Médusé, il ne trouvait rien d'autre à dire, totalement sidéré par la réaction d'Éliane Boulher, et le calme revenu lui devenait tout à coup insupportable.

Boulher mit du temps avant de réagir, ses mains se relâchèrent, il contempla ses doigts comme s'il les voyait pour la première fois, des doigts de vieillard où brillait l'alliance d'une relation éteinte.

— Ce n'est pas de ta faute, murmura-t-il.

Il releva les yeux, alla chercher très loin un soupir interminable pour se libérer.

— Tu ne pouvais pas savoir…

Lui-même semblait avoir du mal à saisir.

— J'ai besoin de prendre l'air, dit-il au bout d'un moment en agitant la main. Tu es venu en voiture?

— En taxi depuis Charles de Gaulle.

— Viens, on va prendre un pot quelque part... Il faut que je sorte.

— On ne peut pas laisser Éliane comme ça!

— Oh si... Crois-moi, elle n'a besoin de personne.

Ils se retrouvèrent dehors. La visite n'avait pas duré dix minutes et la violence de l'accrochage laissait Baron dans un état second. Il s'affaissa dans la voiture, horriblement mal à l'aise. Le soleil dardait des rayons obliques qui ne le réchauffaient même pas, il lui trouva une allure de soleil d'hiver, un astre froid qui diffusait le cafard. Il avait commis une erreur, le temps n'avait pas suffi pour effacer le chagrin et la brutalité de l'annonce avait pulvérisé les défenses d'Éliane Boulher. Il s'en voulait atrocement.

Charles resta silencieux tout le temps que dura le trajet jusqu'au boulevard Galliéni où il trouva une place, en face de la gare RER. Ils empruntèrent le trottoir de l'avenue Dumont, Charles semblait savoir où il allait, il poussa finalement la porte d'un bistro et visa une table à l'écart.

— Qu'est-ce que tu prends?

Ses premiers mots depuis de longues minutes qui paraissaient l'avoir calmé, il soufflait moins en respirant. Il attendit d'être servi avant d'enchaîner, le regard tourné vers l'extérieur comme s'il craignait d'affronter celui de Baron:

— Ma vie est compliquée, tu sais. Depuis longtemps. Va savoir ce qu'elle s'était imaginé...

Il souleva péniblement des épaules lourdes.

— Ça te surprend ?

— Un peu.

— Tu ne pouvais pas savoir… répéta-t-il. Moi non plus je ne comprends pas toujours.

Il s'était mis à s'amuser avec son verre, traçant des ronds humides sur le sous-bock.

— Elle a été forte au début, murmura-t-il, elle a remué ciel et terre pour retrouver Céline, elle a créé une association, elle a collé des affiches, elle a organisé des marches… C'était elle qui relançait tout le monde, les enquêteurs, le juge, les journalistes…

— On me l'a dit, opina Baron.

— Elle a fini par y laisser sa santé et son travail. Mais elle s'accrochait… Des rendez-vous, des réunions… Et puis un jour son discours a changé.

Il cessa de tripoter son verre.

— Je ne l'ai pas remarqué tout de suite, c'était presque insidieux, les expressions n'étaient plus les mêmes…

Il chercha ses mots dans le message publicitaire du sous-bock taché. *Brouwers Bier*. Le rouge et le noir de la bière Oud bruin Albert Heijn.

— C'est à cette époque-là qu'elle a décidé de faire chambre à part et je n'ai pas trop protesté dans les premiers temps, se souvint-il, j'ai cru que ça reviendrait et qu'elle avait juste besoin d'un peu de distance, seulement quand j'ai voulu y retourner, je n'existais plus. Et depuis, elle partage sa vie entre les curés et les pèlerinages, à Lourdes, à Paray le Monial, à Lisieux… Une vraie bonne sœur. Toujours partie. Ça fait trente ans que ça dure.

— Ça aide parfois, plaida doucement Baron. Vous n'avez pas cherché à l'accompagner ?

— Pour parler à qui ? protesta Boulher avec une soudaine humeur. Elle avait décrété que Céline ne souffrait pas là où elle était et qu'il n'était plus utile de la rechercher. Elle savait des choses que j'étais trop con pour comprendre, des choses que son Dieu lui avait sans doute expliquées ! Et moi j'étais l'exclu… Ça fait trente ans qu'on ne se parle plus. Je ne sais pas ce qu'elle croyait.

Baron hocha la tête en silence. Boulher le lui avait avoué quelques années plus tôt et il n'y avait pas prêté attention. Au moment de l'affaire du canal, Charles s'était confié un bref instant, plus rien n'intéressait Éliane qui ne lui parlait plus, et Baron n'avait pas relevé, les mots maintenant lui revenaient en mémoire et prenaient tout leur sens. Il souleva son verre sans rien trouver à dire. La bière avait mauvais goût, ou c'était ses papilles gustatives qui conservaient l'amertume de l'altercation, la colère d'Éliane les avait anesthésiées.

— C'est qui, ce Parisien chez qui elle était ?

— Le patron d'une maison de disques, il est mort en 2003.

— D'une maison de disques ? s'étonna Charles Boulher.

— Un label baptisé Ponant Production. Le type se faisait appeler Eddy Simonos, il était à Paris le jour où Céline a disparu, mais il y avait du monde dans sa villa, pour l'instant on ne sait pas qui.

— Des gens que Céline connaissait ?

— On n'en sait rien, Charles. On cherche… Vous aviez déclaré que Céline sortait beaucoup dans les mois qui avaient précédé.

— C'est vrai, oui… C'était de son âge…

— Où allait-elle ?

Il laissa passer du temps, les yeux de nouveau égarés au-delà de la baie vitrée.

— En boîte, émit-il enfin avec une sorte d'indifférence, ou au cinéma, ou chez des copains... Elle ne se confiait pas... Pas à moi, en tout cas, lâcha-t-il en fixant Baron.

Il parut sur le point d'ajouter quelque chose, mais ce qu'il avait en tête ne parvint jamais jusqu'à ses lèvres. Il remua la bouche, mâcha des syllabes qui n'étaient peut-être que des souvenirs sur lesquels il ne parvenait pas à poser des mots.

— Elle avait une copine, relança le commissaire, Edwige Colot, vous savez ce qu'elle est devenue ?

— On m'a dit qu'elle habitait Versailles, mais c'était il y a longtemps. Maintenant je ne sais pas.

— Mariée ?

— Je l'ignore. Les gens au début s'intéressaient à nous, on les voyait, ils compatissaient, et puis petit à petit les choses ont changé, c'était comme si la disparition de Céline leur faisait peur. Tu sais, Nazer...

Il considéra un couple qui venait d'entrer et s'installait à la table voisine, se pencha pour modérer le ton de sa voix :

— Tu es quoi quand tu perds ta femme ? Tu es veuf... Quand tu perds tes parents, tu es orphelin... Mais quand tu perds ta fille ?

— Je sais, Charles.

— Tu n'es rien... Pour Edwige, je crois que sa mère vit toujours à Aulnay.

Il se laissa aller en arrière.

— Elle a été entendue à l'époque et elle ne savait rien. Elles avaient des copains de leur âge, les gendarmes ont fait le tour, ils n'ont rien trouvé.

— C'était de la routine, Charles, une enquête de moralité, plutôt des portes que l'on refermait, maintenant c'est autre chose.

— Nous aussi on a été soupçonnés.

— Il le fallait, Charles. Au début, aucune hypothèse ne doit rester ignorée… Aujourd'hui, on tient une piste.

— Tu sais comment elle est morte ?

Baron remua la nuque.

— Pas encore.

— Et elle était où ? Enterrée dans le jardin ?

Il opina silencieusement.

— Les fumiers… marmonna Boulher.

Il avait courbé la tête. Quand il la redressa, il avait une perle au coin des paupières.

— Je dois y aller, Charles.

— Tu rentres ce soir ?

— J'ai un rendez-vous à Paris.

— Je peux te déposer porte de Pantin, si tu veux. De toute façon, je ne suis pas attendu.

— Occupez-vous d'Éliane quand même…

— Ça fait trente ans que je m'occupe d'Éliane.

Il leva le bras pour attirer l'attention du serveur. Il avait le regard luisant.

*

D'une main, Éliane Boulher avait légèrement écarté un pan de rideau pour regarder s'éloigner la voiture. Baron avait la tête tournée vers l'extérieur, il ne parlait pas et paraissait perdu dans des réflexions ennuyeuses, Charles aussi devait rester silencieux mais elle ne le voyait pas depuis l'étage. Éliane laissa retomber le voilage et tourna le dos à la fenêtre pour considérer sa chambre. En colère contre elle-même. Elle regrettait amèrement sa sortie maladroite mais la nouvelle l'avait totalement désemparée.

Elle traversa la pièce en soupirant, se posa à l'angle du lit et croisa les doigts entre ses genoux, le dos voûté par le poids de son amertume. Elle vivait dans le silence depuis plus de trente années et elle pensait avoir réussi à y trouver un équilibre, et voilà que quelques secondes seulement avaient suffi pour briser les défenses qu'elle avait érigées, une fraction d'instant au cours de laquelle elle ne s'était plus maîtrisée. Elle remua la nuque, troublée. Charles n'était pas un idiot et Baron encore moins, l'altercation brutale l'avait déconcerté, elle l'avait lu dans son regard, dans l'envie qu'il avait éprouvée d'intervenir, dans le mutisme avec lequel il l'avait finalement regardée quitter la pièce. Elle avait écouté ensuite, dans l'entrebâillement de la porte simplement repoussée, cherchant à traduire l'échange de murmures brouillé par l'escalier. Elle n'avait pas compris et ils étaient sortis.

Quoi faire, maintenant ? Jean-Louis Tanneau… Éliane devait écrire ce nom pour être certaine de ne pas l'oublier. Elle quitta son matelas, prit un stylo et traça les lettres au verso d'une enveloppe. Elle ajouta : Paris, camionnette blanche. Qu'avait-il dit d'autre ? Elle devait se souvenir… Baron avait parlé d'une propriété près de Ploumoguer, elle inscrivit le nom et compléta d'un mot : montre.

Il n'avait rien dit d'autre, elle ne lui en avait pas laissé le temps. Elle devait en parler maintenant, il ne fallait pas qu'elle garde ça pour elle. Éliane souleva le combiné du poste téléphonique secondaire branché à la tête de son lit. Charles n'était sûrement pas près de rentrer, ça lui arrivait bien souvent de s'absenter tout un après-midi quand ce n'était pas la soirée entière, voire même la nuit complète. C'était dans ces moments-là qu'Éliane Boulher se sentait le mieux, lorsqu'elle rêvait que Charles ne reviendrait plus jamais. Elle avait le temps. Elle se mit à pianoter les touches. 00353…

*

Baron émergea des entrailles parisiennes à la station Rambuteau, à l'heure où le soleil finissait de s'enfoncer à l'abri des immeubles. Il prit la direction de la rue des Francs Bourgeois, toujours aussi perturbé par la réaction violente et incompréhensible d'Éliane Boulher. Les choses ne s'étaient pas déroulées comme il l'avait imaginé.

Dans la voiture qui les emportait vers Pantin, Charles n'avait plus vraiment desserré les lèvres et Baron n'avait pas fait d'efforts pour le relancer. La radio était suffisante, il avait regardé défiler la banlieue. Il y avait comme un relent de folie derrière tout cela, de folie et de mysticisme, Charles avait raison, Éliane n'avait plus toute sa tête. Qu'avait-elle imaginé ? Que Céline était toujours vivante, prisonnière quelque part, retenue contre son gré depuis trente-cinq ans, mais vivante ? Qu'elle allait réapparaître un jour ? Baron avait sonné le glas de son délire et il en éprouvait encore un déplaisant malaise. Il hâta le pas.

Paul Caroyère lui avait dit habiter derrière le musée des Archives Nationales, au troisième étage d'un immeuble dans le porche duquel il finit par pénétrer, en avance de quelques minutes.

L'ancien manager de Métal Birds vint lui ouvrir. Il accusait quelques années de moins à peine que Charles Boulher mais un look aux antipodes. Caroyère avait encore des cheveux qu'il gardait désormais longs, longs et blancs, la mèche rejetée sur le côté. Il était presque maigre, le corps flottant dans une chemise dont les pans lui battaient les reins, le col ouvert dans lequel brillait l'or d'une statuette miniature.

— J'aime les gens ponctuels, apprécia-t-il en guise d'accueil. Venez.

Baron lui emboîta le pas. Décor cossu, fauteuils profonds, mobilier d'antiquités anglaises. Une chaîne invisible diffusait du Wes Montgomery.

— Je vous en prie, asseyez-vous, invita Caroyère. Je peux vous offrir quelque chose ? Un café si vous le souhaitez… Mais j'ai un Glenfarclas de trente ans d'âge à vous faire voter oui au référendum sur l'indépendance écossaise !

Refuser eût été pécher. Caroyère serra les doigts autour d'un flacon à l'ambre rougeâtre, servit deux doses généreuses.

— Ainsi donc vous vous intéressez à Daniel Chalo et à Métal Birds… formula-t-il en se retournant.

— Vous étiez bien leur manager ?

— Je l'ai été… il y a trente ans !

Il tendit un verre.

— *Cheers*[10], Commissaire !… Et en quoi ces gens-là peuvent-ils encore intéresser la police française ?

— Vous les connaissiez bien.

---

10. *En anglais :* Santé *ou* À la vôtre.

— J'ai contribué à leur lancement, si c'est ce à quoi vous faites allusion, je leur ai fait signer leur premier contrat.

— Chez Ponant Production.

— Exact… apprécia Caroyère. Comment le trouvez-vous ?

Il montrait son poing.

Baron huma le whisky.

— Généreux, opina-t-il. Chez Nicolas Voisin, dit Eddy Simonos.

— Un ami…

— Un Brestois. Propriétaire d'une villa près de Ploumoguer. Cette photo a été prise là-bas, vous êtes en compagnie de Voisin et de Daniel Chalo. Vous vous souvenez ?

Caroyère avait saisi le cliché.

— Juillet 1979, lut-il au verso. J'y suis allé plusieurs fois.

— Le festival *Elixir* à Irvillac, Métal Birds se produisait en première partie de John Martyn.

— Ça me revient… C'était la première édition, non ? Avec Planxty, Gwendal… Dan ar Braz aussi, je crois… J'y étais, Nicolas nous avait invités à séjourner chez lui…

Il secoua l'instantané à la manière d'un éventail.

— Oui, cette photo a pu être prise à ce moment-là. Quel est le problème ?

— Combien de temps y êtes-vous resté ?

— Comment voulez-vous que je me souvienne ?… Le temps du festival, un jour ou deux de plus peut-être. J'ai dû partir le lundi avec Nicolas, nous sommes rentrés sur Paris.

— Qui était à la villa ?

— Les musiciens… Nicolas Voisin… Une ou deux groupies sans doute, comme toujours.

— Celles-là ?

Nouveau cliché. Paul Caroyère posa son verre pour s'en saisir et resta silencieux. Il fixait les visages, il se donnait du temps. Il pensait quelque chose, songea Baron. Ou alors il savait quelque chose, les traits d'une des filles captaient son attention. Blandine Voisin n'avait pas su lui dire qui elles étaient, « copines d'un jour, peut-être… » avait-elle suggéré, Paul Caroyère paraissait davantage circonspect. Baron ne parvenait pas à se faire une opinion. Peut-être qu'il se faisait des idées tout simplement.

— Vous ne croyez pas que ce serait plus facile si vous me disiez ce que vous cherchez ?

— Vous ne reconnaissez personne ?

— Pas vraiment… Celle-là me dit quelque chose.

Une brune aux cheveux mi-longs, regard masqué par des verres fumés, photographiée en buste, les seins protégés par le soutien-gorge coloré d'un bikini.

— Mais c'est peut-être simplement ce jour-là que je l'ai vue…

Caroyère se pinçait les ailes du nez :

— Vous n'en avez pas d'autres ? De face, sans les lunettes…

— Malheureusement.

— Je ne sais pas… C'est vieux, tout ça. Je peux chercher si vous voulez, j'ai moi aussi conservé des souvenirs de l'époque.

— Et elle ?

Troisième photo. Le portrait de Céline Boulher. Caroyère s'en empara avec précaution, le masque concentré par l'effort de mémoire.

— Vous la reconnaissez ?

— Ce n'est pas à la villa que je l'ai vue, dit-il en hésitant.

— Mais vous l'avez vue ?

— Plusieurs fois, je me souviens d'elle. Une gentille fille. Elle participait à des soirées, mais pas là-bas.

— Des soirées avec Métal Birds ?

— Sans doute.

— Plus particulièrement avec Chalo ou avec Larson ?

— Vous connaissez Larson ?

— J'ai entendu parler de lui. Je l'ai écouté aussi, assez impressionnant, un musicien de talent.

— L'un des meilleurs, approuva Caroyère en redressant la tête, à la hauteur sûrement d'un Louis Bertignac. Dommage qu'il n'ait pas été en mesure de le comprendre lui-même.

— Il se droguait ?

— Il n'a jamais su arrêter. Vous savez qu'il est mort il y a plus de quinze ans ? Tous les titres de Métal Birds qui sortent aujourd'hui ne sont que de vieilles maquettes remastérisées.

Il posa délicatement le cliché sur la table devant lui et se laissa aller en arrière contre le dossier de son fauteuil.

— Métal Birds a rompu le contrat qui me liait à eux peu de temps après la tournée d'été 79, se souvint-il avec une grimace. Chalo et Larson se sont installés aux États-Unis, ils avaient un agent là-bas, un cabinet d'avocats de Frisco. J'ai gardé quelque temps la production des concerts en France, mais la scène ne les intéressait plus, ils s'enfermaient dans les studios d'*Ocean* à Los Angeles, ils ont enregistré des kilomètres de bandes à cette époque-là.

— Vous avez revu Chalo ?

— Pas depuis des années. Il est américain maintenant, je sais qu'il s'est marié là-bas, il ne revient jamais en France.

— Et elle ? Vous dites l'avoir vue dans des soirées !

— Ici. À Paris. Je me souviens d'elle.

— Pourquoi était-elle là ?

Paul Caroyère mima l'indécision. Il avait repris son verre et goûtait le Glenfarclas, l'œil perdu dans des réminiscences lointaines.

— Le monde de la nuit, Commissaire, émit-il après un moment d'hésitation. On y croise une population interlope... Mais il me semble qu'elle était là pour travailler, c'est plutôt le souvenir que j'en ai...

— Travailler ?

— Elle servait... Dans des soirées mondaines ou des réceptions après une émission de télé, pour des lancements d'albums ou pour des fins de tournées... C'était fréquent, on invitait la presse, l'important était de faire parler de soi. À moins que ce soit sur le *catering*[11] des concerts. Je l'ai vue plusieurs fois.

— Elle ne venait pas seule ?

— Bien sûr que non. J'avais un contrat avec une société d'événementiel qui fournissait le service, il me semble qu'elle faisait partie du personnel. Il y avait du *turn over*.

— Et vous vous souvenez d'elle ?

— Oui. Pourquoi vous intéressez-vous à cette fille ?

— Elle a disparu. Qui dirigeait cette société ?

— Anthony Rempat, mais vous ne lui poserez pas la question, il est mort il y a des années. Quand vous dites disparu... ?

---

11. En anglais : restauration.

— Comment s'appelait la société ?
— La BES, Bondy Event Success.
— Bondy ?
— Bondy, oui. Pourquoi ?
Baron plongeait dans les reflets presque pourpres de son verre.
— Une autre question, monsieur Caroyère. Cette jeune fille participait aux soirées de Métal Birds. Est-il possible qu'elle ait entretenu une relation intime avec l'un des membres du groupe ?
Caroyère secoua la tête, déconcerté.
— Je n'en sais rien, Commissaire.
La question le dépassait.
— Peut-être bien qu'elle couchait avec l'un ou avec l'autre, je n'y étais pas… ou avec tous, pourquoi pas ? Sexe et rock'n roll…
Il se mordit la lèvre inférieure, but une gorgée de Glenfarclas avec une sorte d'exaltation excessive avant de commenter :
— Vous n'imaginez pas, Commissaire. J'ai vu des gamines escalader les murs pour tenter d'entrer dans une chambre d'hôtel, d'autres qui passaient la nuit dans les couloirs… Je connais des artistes pour qui l'oreiller post-concert était même prévu par contrat…
— Alors ?
— Alors rien. Que voulez-vous que je vous dise ? Métal Birds n'échappait pas à la règle.
— Une relation sérieuse, insista Baron.
— Oh… Dans ce milieu, l'éphémère est une sorte de convention. Une nuit, une semaine, un mois… Avec l'un d'abord, avec l'autre ensuite…
Il rabaissa les yeux pour apprécier le portrait plus attentivement.

— C'est une belle fille… jeune.

— Elle était mineure.

— Ah…

Il avait brusquement l'air soucieux.

— Larson était déjà marié ? questionna Baron.

— En 1979 ? Il me semble, oui… Ça ne changeait pas grand-chose.

— Et Chalo ? Ou quelqu'un d'autre ?

— Je l'ignore sincèrement, Commissaire… Je peux juste vous dire que j'ai vu cette fille plusieurs fois. Elle travaillait pour Anthony Rempat… Et vous n'avez pas répondu à ma question.

— Son corps vient d'être retrouvé dans la propriété de Nicolas Voisin. Elle a été assassinée.

X

Jeudi… Le chauffeur du taxi ressemblait à un bovin de l'Aubrac, dont il avait le front carré et le chignon crépu, de couleur fauve tirant sur le rouquin dans les éclats de soleil inondant son pare-brise. Baron lui découvrit presque le bord des paupières maquillé de noir. Un personnage rustique au cou ramassé et au poitrail large, qui ruminait tout seul en conduisant et s'aspergeait les joues d'un mauvais *after shave*. Il n'avait pas cessé de râler tout au long du voyage.

Soulagé d'être à destination, Baron posa le pied à terre et déplia son mètre quatre-vingt-huit avant de refermer doucement la portière. Il avait le souffle trop court et il ressentait encore des tiraillements dans les yeux, agressés par les rayons obliques d'un astre en ascension. Il bâilla dans son poing fermé et tira sur ses muscles tout en s'accordant le temps d'observer la rue. Sa cicatrice à la hanche lui arrachait des élancements.

Il avait trop traîné la veille au soir, en partie avec Paul Caroyère qui lui avait offert un second Glenfarclas, ensuite dans un restaurant du boulevard de Sébastopol d'où il avait à deux reprises cherché vainement à joindre Charles Boulher. Personne n'avait décroché.

Après, il avait mal dormi et son réveil s'était fait brutalement, il avait émergé de son sommeil d'un coup en contemplant d'un air hébété le plafond inconnu. Il lui avait fallu du temps pour se souvenir de sa chambre d'hôtel et de sa soirée prolongée, puis de la série policière qui lui avait servi de somnifère. Il avait rouvert les yeux dans la nuit et pressé mécaniquement la touche off de la télécommande, avant de replonger aussitôt comme une chiffe molle dans une léthargie qui lui tapissait le fond de la gorge d'une sorte de nausée. En sortir s'était avéré pénible. Il n'était pas bien et la fatigue accumulée depuis trois jours n'était pas la seule responsable de son état.

Il se repéra, traversa la chaussée et marcha en direction de l'adresse indiquée au chauffeur de l'Aubrac.

Il se faisait l'effet d'avancer dans le brouillard, quelque chose lui échappait. Le Glenfarclas n'était pas l'unique alibi de son entretien prolongé avec Paul Caroyère, il lui avait nettement semblé que le producteur ne livrait pas tout ce qu'il savait, même s'il n'avait rien obtenu de plus en acceptant de traîner un peu. Caroyère n'avait rien ajouté.

Quant à l'idée que Baron se faisait jusque-là de Charles et Éliane Boulher, elle avait brutalement volé en éclats la veille et il lui était difficile d'en comprendre les raisons. Le couple ne se supportait plus et Baron en était agacé.

Il pressa l'index sur la touche de l'interphone et se pencha pour éviter de parler trop fort à l'adresse de l'émetteur.

— Baron, dit-il.

— Au second !

Un déclic libéra la porte.

Céline elle-même l'irritait maintenant, Céline dont il avait durant tant d'années conservé le souvenir d'une petite fille sage… L'image elle aussi avait implosé. Céline n'était plus du tout une petite fille et rien ne disait qu'elle était restée sage. Céline Boulher fréquentait un milieu interlope dont personne jusqu'aux jours précédents n'avait jamais parlé, ni Charles, ni Éliane, ni Edwige Colot vers l'étage de laquelle grimpait maintenant Baron.

Une Edwige Colot dont il aurait aimé présenter le portrait à Caroyère pour voir s'il la reconnaissait. Edwige Colot, la bonne copine des années adolescentes qui n'avait néanmoins jamais évoqué Anthony Rempat et la Bondy Event Success, ni les soirées de Caroyère auxquelles participait Céline, ni Métal Birds que cette dernière connaissait pourtant. Un groupe de rock qui était en concert au festival d'Irvillac quatre jours avant la disparition de Céline, dont les musiciens résidaient dans la propriété où elle avait été emmenée par Tanneau et où son corps venait d'être retrouvé. Tout cela ne relevait pas du hasard, mais pourquoi l'avoir enlevée ?

Deux appartements s'ouvraient par palier, celui qui intéressait Baron était sur la droite. Il sonna.

C'était Edwige Colot qui avait accentué son malaise au point de chasser l'envie de sommeil et de le pousser à traîner à sa table solitaire du boulevard de Sébastopol.

Il l'avait appelée la veille au soir en sortant de chez Caroyère pour prendre un rendez-vous qu'elle avait accepté, et il avait mis longtemps ensuite à comprendre d'où lui venait son trouble. La conversation avait été très courte, Edwige Colot n'avait pas posé de questions... C'était cela, elle n'avait pas posé de questions. Tant d'années après, c'était inconcevable. Tout s'était déroulé exactement comme si elle attendait son appel.

Dans ce cas, qui l'avait prévenue? Caroyère n'en avait pas eu le temps et les journaux de vingt heures qui avaient fini par lâcher l'information, agrémentée d'un reportage, n'étaient pas encore diffusés. Il restait Charles ou Éliane Boulher que Baron avait alors cherché à joindre et qui n'avaient pas répondu. Charles Boulher qui prétendait ne pas savoir ce qu'elle était devenue, mais Baron n'avait eu aucun mal à la débusquer dans l'annuaire versaillais. Il se répéta que quelque chose lui échappait.

— Madame Colot?

Il avait en face de lui une plantureuse blonde aux cheveux courts, trop fardée à une heure si matinale, trop parfumée pour être tout à fait d'aplomb, moulée dans un pull fantaisie au col rond laissant deviner la naissance d'une poitrine quelque peu affaissée.

Elle le fit entrer dans un salon aux fenêtres largement ouvertes sur la rue du maréchal Joffre et, au-delà, l'horloge dorée de la cathédrale Saint-Louis.

— Voulez-vous un café?

Il accepta, rongé par les obsessions dont il ne se débarrassait plus. Elle ne posait toujours pas de questions, elle savait pourquoi il était là. Il balaya le décor, jugea l'harmonie des couleurs et l'équilibre des meubles, cherchant ce qui clochait.

— J'ai entendu l'information, hier soir.

Il tourna la tête en direction de l'ouverture, le timbre lui parvenait depuis la cuisine.

— Qu'ont-ils dit ?

— C'est vrai qu'on a découvert un corps près de Ploumoguer ?

— Vous connaissez Ploumoguer ?

— Non… C'est vrai ?

— Dans une villa, au bord de la mer.

— C'est dingue…

Elle réapparaissait, porteuse d'un plateau.

— Ils ont diffusé un reportage sur la disparition de Céline.

— Vous vous souvenez d'elle ?

Elle posa son fardeau.

— Bien sûr…

Il l'observa cependant qu'elle servait.

— Qu'ont-ils dit d'autre ?

— Pas grand-chose, déplora-t-elle, ils ont juste annoncé qu'un corps avait été découvert dans une propriété à Ploumoguer et qu'il pourrait s'agir d'une jeune femme dont on est sans nouvelles depuis trente-cinq ans, ils ont cité son nom…

Il pouvait faire confiance à Malika Cergi, les médias traitaient du meurtre avec retenue, sans se livrer à des spéculations. Il disposait encore d'un peu de temps.

— Du sucre ?

— S'il vous plaît. Ils ont parlé de Tanneau ?

— De… ?

Baron la contemplait, sans bouger.

— Jean-Louis Tanneau, dit-il.

À l'époque, Edwige Colot vivait elle aussi à Aulnay, elle suivait les mêmes cours que Céline, elles étaient assez proches pour se retrouver en sorties. Edwige avait communiqué les noms des gens qu'elles croisaient, leurs copains et les copains de leurs copains, leurs relations, leur entourage, et puis les copains des copains de leurs copains… Ça faisait beaucoup de monde, mais pas Tanneau, ni Anthony Rempat, ni Paul Caroyère, ni Métal Birds…

— Qui est-ce ?

— Un petit voyou.

Elle resta silencieuse, elle servait le café pour s'occuper. Baron regarda par la fenêtre, il voyait des arbres devant les immeubles, on n'était pas très loin du château, c'était un beau quartier. Edwige ne disait toujours rien, elle attendait. Quoi ? Elle aurait dû poser des questions, s'intéresser et demander qui était Tanneau. Ou alors elle était devenue indifférente, la disparition de Céline ne la concernait plus.

— Vous habitez ici depuis longtemps ?

— Quinze ans.

— Vous êtes mariée ?

— Je ne le suis plus.

Il ramena son attention vers elle.

— J'ai relu votre déposition de l'époque, vous n'avez jamais parlé d'Anthony Rempat, dit-il. Pourquoi ?

Elle cessa de sourire.

— Quel est le rapport ?

Au moins, elle ne niait pas.

— Vous le connaissiez ?

— Évidemment. Il avait une boîte à Bondy, la BES.

— Vous le voyiez souvent ?

— Souvent, non.

— Mais il vous arrivait de travailler pour lui…

Elle eut un geste vague, brutalement mal à l'aise. C'était son tour à lui de garder le silence.

— Si vous voulez… reconnut-elle enfin. Disons qu'il m'arrivait de l'aider quelquefois quand il avait besoin de moi.

— Céline également ?

— Oui.

— Que faisiez-vous ?

— On participait au service. Pour gagner un peu d'argent.

Baron hocha la tête.

— Pourquoi ne pas l'avoir dit ?

— Parce que je n'y ai pas pensé. Quel est le rapport ? répéta-t-elle. Ça se passait à Paris, Céline a été enlevée dans le Finistère. Et puis…

Elle chercha ses mots avec impatience.

— Il ne nous déclarait pas, voilà. C'était juste…

Elle balaya l'air.

— Je n'ai pas voulu lui causer d'ennuis.

Était-ce vraiment si étrange ? Les gens faisaient parfois des choses curieuses qui restaient naturelles en même temps.

— Les parents de Céline le savaient ?

— Surtout pas.

Elle leva les yeux vers lui avec une expression de désarroi.

— C'est vrai que j'avais gardé ça pour moi, mais pourquoi me parlez-vous d'Anthony maintenant ?

— Parce que nous avons découvert son existence. Ça durait depuis combien de temps ?

— Plusieurs mois.

— Quels étaient les rapports de Rempat avec Céline ?

— Comment ça?… C'était juste un copain.
— Rien d'autre?
— Non.
— C'est important, Edwige. Je dois tout savoir, nous enquêtons sur un crime.
— Je vous répète que non. Anthony était gay, les filles ne l'intéressaient pas, il est mort du sida il y a plus de quinze ans.
— Et la BES? insista Baron.
— C'était une petite boîte. Anthony organisait des réceptions, il était comme un traiteur, il avait parfois besoin de filles pour aider au service, c'est tout. Vous savez…
Elle s'était mise à se tortiller les doigts, si fort qu'elle s'en blanchissait les phalanges.
— Le rêve de Céline, c'était de partir et de quitter Aulnay. Elle mettait de l'argent de côté.
— Elle n'était pas heureuse?
— Je ne crois pas.
Elle lui jeta un regard.
— C'est pour ça qu'elle racontait des histoires. Elle disait qu'on passait la soirée ensemble pour réviser, ou qu'on allait au cinéma ou en boîte, ça arrivait quelquefois mais pas toujours, en fait on accompagnait Anthony chaque fois que c'était possible.
— Sur le *catering* des concerts?
— Par exemple.
— Et dans les soirées de Caroyère?
La question la prit au dépourvu. Il savait des choses, plus de choses que ce à quoi elle s'attendait. Il l'entendit prendre une inspiration.
— Il vous l'a dit?
— Il se souvient d'elle.

— C'est arrivé.

— Et alors ?

— Alors quoi ?

— Quel genre de soirées ?

Elle regarda le café qui refroidissait mais ça avait l'air encore trop chaud, les tasses fumaient.

— Des soirées de promotion, se souvint-elle, des anniversaires, des fins de tournées… Caroyère est producteur.

— Vous fréquentiez des artistes ?

— Ouais…

— C'était valorisant.

« Tu m'étonnes… » songea Edwige Colot en observant ses ongles. Elle ne répondit pas. Elle pensait à la banlieue nord où elle avait grandi, à Chelles et à Montfermeil, et aussi au pavillon de la route de Bondy. Bien sûr que les soirées de Caroyère étaient gratifiantes, elle avait dix-sept ans. Et en plus elles étaient payées.

Baron montra son acquiescement.

— Vous aidiez au service, formula-t-il, ça n'allait jamais plus loin ?

— Que voulez-vous dire ?

— Avec les membres de Métal Birds…

Cette fois on y était, se persuada Baron. Il ressentait physiquement une tension nouvelle dans tout son corps, la surpression dans ses artères, et l'obligation nette de se concentrer sur les quelques pensées qui surnageaient dans le malstrom de son cerveau. Il avait l'habitude d'engranger beaucoup, il ramassait tout, l'essentiel du moment et les détails infimes, les faits et les impressions, tout en se réservant le soin de faire le tri plus tard. Alors il jetait l'inutile et il jetait beaucoup. Tout en définitive n'était qu'une question d'élimination. Mais là, il ne devait surtout pas éliminer Métal Birds, Métal Birds était un chaînon essentiel dans la disparition de Céline, et Edwige Colot le savait. Elle n'avait pas la concentration nécessaire, elle aurait voulu parler mais les mots ne sortaient pas. Elle secoua la tête, cherchant dans des mimiques désinvoltes une voie de sortie dans laquelle Baron n'était sûrement pas disposé à la suivre.

— Ils y étaient parfois, commenta-t-elle en saisissant une tasse.

— Céline avait une liaison ?

— Avec qui ?

— Dites-le moi. Chalo ou Larson ?

Il se sentait presque agité. Le temps qu'elle prit pour avaler deux gorgées de café était un répit nécessaire.

— Elle ne me l'a jamais dit...

Il refoula son impatience. C'était bien le problème dans ce putain de métier, il fallait interroger les gens sur leurs agissements, se montrer extrêmement attentif aux réponses formulées, et en tirer les conclusions justes. Savoir qui mentait et pourquoi. D'ailleurs Edwige Colot n'avait peut-être pas menti. Pas encore.

— Avait-elle vraiment besoin de vous le dire ?

— Je ne l'aurais pas forcément remarqué.

— Vous étiez son amie. Céline connaissait les musiciens du groupe et Métal Birds séjournait à la villa où son corps a été retrouvé, ils étaient en concert à trente kilomètres de là.

— C'est peut-être le hasard...

Il lui adressa un sourire sans plaisir.

— Je ne crois pas au hasard, Edwige. Ou alors le hasard a un sens. Céline n'a pas été emmenée sans raison dans cette villa, c'était autre chose. L'un des musiciens avait flashé sur elle et elle le repoussait?

Pourquoi mentait-elle? Larson était mort depuis quinze ans, Chalo vivait aux États-Unis depuis plus longtemps encore, il n'y avait personne à protéger.

— Dites-moi ce qui s'est passé.

Elle refusait de tourner les yeux vers lui, elle se comportait comme une aveugle. Il insista:

— Que vous arrive-t-il, madame Colot? Les faits remontent à trente-cinq ans, des gens sont morts depuis. Qui a tué Céline?

— Comment voulez-vous que je le sache?

— Vous savez au moins pourquoi. Elle avait commis une erreur? Volé quelqu'un? Découvert un secret qu'elle n'aurait pas dû voir?

— Mais non.

— Un trafic? Une affaire de drogue?

— Qu'allez-vous imaginer?

— Elle a été enterrée dans le jardin comme un chien! Mais nous saurons comment elle est morte, nous finirons par savoir ce qui s'est passé!

— Et pourquoi pas un accident?

— De quel genre? Une chute? Une noyade?

Elle remua les épaules.

— Une overdose? insista Baron.

— Céline ne se droguait pas.

— Mais Métal Birds, si! Larson en est mort en Afrique il y a quinze ans.

— Je ne le savais pas.

Il crut qu'elle allait se mettre à taper du pied.

— Vous les avez revus après la disparition de Céline? Rempat, Caroyère, Larson…

— Quelques fois, mais ce n'était plus pareil.

— Ils vous ont parlé d'elle?
— Non… Enfin si, juste des phrases comme ça…
— Rien d'autre que des phrases comme ça?
— Je n'avais pas envie d'en parler.
— Et eux, ils devaient vous poser des questions, non? Vous étiez son amie, elle avait disparu. Ils ne s'étonnaient pas de ne pas être interrogés?
— Je ne me souviens pas. J'ai arrêté de travailler avec Anthony.

L'odeur changeait, le parfum mélangé aux senteurs de la peur modifiait son arôme, il devenait plus aigre.

Baron observa Edwige Colot tout en vidant sa tasse, elle refusait le contact, regard baissé accaparé par une fente minuscule dans le vernis de la table. Sans doute n'avait-elle rien commis d'illégal mais elle n'avait pas fait… ou pas dit… ou pas voulu voir… quelque chose qu'elle ne pouvait maintenant avouer à aucun prix. Quitte à mentir encore. Quitte à protéger un assassin qui soit était mort depuis longtemps, soit vivait à des milliers de kilomètres de là sous une nouvelle identité. Ou c'était quelqu'un d'autre. Voisin, Caroyère…

Baron se souleva de son fauteuil et considéra le salon dans lequel se glissaient les rayons d'un soleil de plus en plus haut. Edwige Colot ne manquait pas de grand-chose, il ne savait rien de son parcours.

— Il me reste une dernière question… Qui vous a prévenue de ma visite?

Elle esquissait le geste de se lever à son tour, il la vit retomber sur les coussins.

— Je ne comprends pas.
— Hier soir… Vous n'étiez pas vraiment surprise de mon appel, vous saviez déjà que l'enquête était relancée.
— Comment l'aurais-je su?

— Qui vous avait alertée ?
— Personne ! Je vous assure…
Il ne la croyait pas. Il le lui montra d'un claquement de langue irrité et marcha vers la porte.

*

Une mouche volait dans les plis du rideau, son bourdonnement énervé remplissait le silence et finissait par agacer Charles Boulher qui se concentra, bras tendu, prêt à empoigner le voilage quand l'insecte se serait posé. Bzzz… Il devinait les efforts de la mouche pour se dépêtrer des pans de la tenture, sa paume suivait le tracé du vol en zigzag, il allait refermer les doigts…

La sonnerie du téléphone lui fit tourner la tête. L'appareil avait déjà retenti dix minutes plus tôt mais Charles Boulher ne s'était pas déplacé, il n'avait pas quitté la fenêtre où il se perdait dans la contemplation morose de la rue. Il avait attendu qu'Éliane, à l'étage, se décide elle-même à décrocher. Elle n'en avait rien fait et le silence était retombé sur le pavillon de la route de Bondy. Charles avait retrouvé le fil de ses pensées amères, la mouche n'était pas encore venue le troubler…

Il se décida à tourner le dos à la vitre et marcha sans hâte vers la tablette. Il n'avait pas envie de parler. L'écran affichait le numéro d'un portable qu'il identifia, il l'avait lui-même recopié la veille au verso d'un courrier et posé là, près du combiné. Il décrocha.

— Allô !
— Charles ? C'est Nazer. Je ne vous dérange pas ?

— Du tout, mentit Boulher, c'est toi qui as appelé tout à l'heure ? J'ai couru mais c'était trop tard.

— Oui… Comment allez-vous ?

— Ça peut aller.

— Et Éliane ?

Charles Boulher osa un regard en direction du plafond, aucun bruit ne filtrait de l'étage.

— Elle s'est enfermée là-haut, dit-il en modérant sa voix, elle refuse de me répondre.

— Depuis hier ?

— Elle ne veut pas me parler, j'ai essayé… Je crois qu'elle a pété les plombs.

Il s'était éloigné de la console trop proche du pied de l'escalier, il ne voulait pas que le murmure parvienne jusqu'à l'étage.

— Je suis désolé, articula Baron, je n'aurais pas dû m'y prendre de cette façon.

— Tu n'y es pour rien, protesta Boulher, ça fait longtemps qu'elle ne me parle plus, ça n'a rien changé.

— Elle n'a pas bougé ?

— Elle est sortie très tôt ce matin, je l'ai entendue rentrer par la véranda, derrière.

— Vous savez où elle est allée ?

— Où veux-tu ? ricana Charles. Chez son curé, je suppose.

Il plongea son regard en direction de la rue, s'agrippa de la main à la crémone, l'autre serrée autour du combiné collé à son oreille.

— L'abbé Thoury. Note bien et ne t'étonne pas si je l'étrangle un jour… Tu as du nouveau ?

— J'ai vu Edwige Colot, répondit la voix, il m'a semblé qu'elle savait déjà…

— Évidemment. Le reportage télé, hier soir…

— Je l'avais appelée avant. Avez-vous cherché à la joindre ?

— Bien sûr que non ! Pour lui dire quoi ? Je ne sais même pas ce qu'elle est devenue.

— Elle vit à Versailles… Et Éliane ? Vous croyez qu'Éliane aurait pu l'appeler ?

— Je n'en sais rien.

Une camionnette grimpait sur le trottoir d'en face, à proximité de la clinique vétérinaire. Charles Boulher regarda le ciel dans lequel moutonnaient des nuages. Il se sentait extrêmement seul.

— Je peux le lui demander, si tu veux, offrit-il sans trop de ferveur, mais elle ne me répondra pas… Tu as appris quelque chose ?

— Rien d'essentiel encore, Charles, mais je suis certain qu'on progresse. Céline vous avait-elle parlé d'Anthony Rempat ?

— Qui est-ce ?

— Un copain de Bondy à qui elle donnait un coup de main de temps à autre, avec Edwige.

— Quand tu dis un copain… ?

— Juste ça, Charles, juste une relation. C'est pour ça qu'on n'a jamais entendu parler de lui. Ça ne vous dit rien ?

— Rien du tout.

— Et Métal Birds, un groupe de rock ?

— Elle fréquentait ces gens-là ?

— Parfois. Là non plus, pas de souvenirs ?

— Je crois bien qu'elle ne nous racontait pas grand-chose, se désespéra Boulher.

— C'est l'âge, Charles, tout le monde passe par là… On avance.

— C'est trop tard, murmura-t-il, tout arrive trop tard… Tiens-moi au courant.

Il raccrocha après avoir salué Baron et resta un long moment le nez à la fenêtre. La mouche en avait profité pour s'exfiltrer des plis du filet qui la retenait, on ne l'entendait plus. Il finit par remettre le combiné sur son socle, et après une hésitation, se décida à grimper lourdement les marches. Le palier de l'étage était plongé dans l'obscurité, les portes des trois pièces qu'il desservait étaient fermées. Boulher frappa à celle de droite, celle de la chambre mansardée qui donnait sur la rue, celle qu'occupait Céline autrefois, celle dans laquelle Éliane s'était installée définitivement. Il n'entendit rien et réitéra, d'un doigt plus impératif. Sans plus de succès. Il essaya la poignée, poussa de l'épaule sans parvenir à écarter le battant, la serrure était verrouillée.

— C'était Nazer, dit-il, il veut savoir si c'est toi qui as appelé Edwige Colot !

Éliane ne répondit pas. La maison n'était qu'un immense vide.

Les épaules basses, Charles Boulher fixa le battant qui le narguait de son mutisme, et serra les poings. Il n'en pouvait plus…

XI

Dix-sept heures quinze… Le vol Air France en provenance d'Orly se posa sur l'aérodrome de Brest-Guipavas à l'heure prévue et le commissaire quitta son siège sans attendre, se faufilant dans le couloir pour sortir dans les premiers de la carlingue. Il récupéra sa voiture sur le parking et se lança dans la circulation en direction du centre-ville de Brest, vers la rue du Château.

Blandine Voisin ne cessait ses consultations qu'aux alentours de dix-neuf heures, la secrétaire était encore là lorsqu'il y parvint, il demanda à voir la podologue en urgence, entre deux rendez-vous, et patienta dans la salle d'attente. Le soleil avait plongé dans les eaux de la rade, l'ombre commençait à envahir les trottoirs de la rue Jean Macé et la rotonde art-déco de la gare s'illuminait des lumières jaunes de ses étages vitrés.

— Un instant… Monsieur Baron ?

Il détourna la tête de la fenêtre dans laquelle il s'était perdu. Blandine Voisin l'invitait d'un geste et il la suivit après un regard d'excuse à l'intention de la cliente dont il prenait la place, il ne se donna même pas le temps de s'asseoir.

— Je suppose que vous êtes informée.

— J'ai entendu, oui…

— J'ai un service à vous demander.

— Je vous en prie…

Il sortit de sa poche les clichés qu'elle lui avait confiés l'avant-veille.

— À propos de ces jeunes femmes.

— Les journalistes disent qu'un corps a été découvert au *Hangar à bateaux*, rétorqua-t-elle après un coup d'œil indifférent.

— C'est exact, confirma-t-il. Les restes d'une femme ensevelie dans le jardin depuis très longtemps, nous n'en savons pas beaucoup plus pour le moment. Mais je n'ai pas changé d'avis à propos de votre père, je pense toujours qu'il l'ignorait.

— Et que voulez-vous savoir ?

— Qui sont les filles que l'on voit sur ces clichés. Je voudrais que vous recherchiez dans les archives de votre père, elles n'étaient pas là par hasard, je crois que l'une d'elles au moins entretenait une relation avec l'un des membres de Métal Birds, je veux savoir laquelle, et avec qui.

— Vous avez rencontré Caroyère ?

— Il n'est sûr de rien.

— Et vous ?

— Je viens de vous le dire.

— Qu'attendez-vous ?

— Votre père conservait un tas de photographies, cherchez dans les mois qui ont précédé, examinez tous les instantanés sur lesquels apparaissent

Chalo et Larson, je veux savoir si l'un des deux était accompagné par l'une de ces filles.

— Pourquoi ?

Il esquissa un geste qui balayait toutes les objections.

— Je ne sais pas encore… Peut-être simplement pour le mettre hors de cause.

— Et il vous restera l'autre…

Tout n'était qu'une question d'élimination, se répétait Baron. On n'en finissait jamais de découvrir des trucs derrière les trucs, il fallait faire le ménage dans les mensonges, ouvrir la case « corbeille » et y jeter le superflu.

— Vous aurez le temps ?

— Je vais le prendre, dit-elle.

Il rempocha ses clichés.

— Vous m'avez dit les avoir conservés ?

— Ne vous inquiétez pas.

— Je vais vous laisser celui-là.

Il montrait le portrait de Céline diffusé par la presse à l'époque.

— Voyez si vous pouvez la retrouver, dans des reportages lors de réceptions par exemple. Elle faisait des extras pour le compte d'un certain Anthony Rempat, ce nom vous parle ?

— Du tout.

— Une société de Bondy, Bondy Event Success.

— Non plus…

Baron secoua la tête. Derrière les rideaux fins, le crépuscule laissait la place aux lampadaires urbains, il traînait encore des reflets de fin d'été sur les vitres des immeubles de la rue du Château, l'astre solaire ne s'était pas totalement noyé dans les eaux de la rade.

— Merci, dit-il, je vous appellerai.

Il ne savait pas encore exactement ce qu'il cherchait, il ressentait juste une lourdeur dans la poitrine dont il devait absolument se débarrasser. Il descendit les étages à la vitesse de ses regrets. Il y avait songé pendant trente-cinq ans sans envisager même une seconde une hypothèse désormais évidente.

*

— Où êtes-vous ?

— Rue du Château, dit-il. J'ai envie d'un verre. *Le Greenwich Café*, vous connaissez ?

— Dans le bas de la rue de Siam ?

— Boulevard des Français Libres, face à la citadelle. Dans une demi-heure, proposa Baron.

— Accordez-moi le quart d'heure brestois.

Il raccrocha. Le temps de rejoindre sa voiture, les derniers reflets orangés avaient été gommés des façades, c'était la fin du jour, les rues étaient encombrées. Il se glissa au volant en se demandant ce qu'était le quart d'heure brestois pour une fonctionnaire antillaise aux mèches décolorées.

Il trouva une table tranquille au *Greenwich Café*, sur la terrasse de bois encore ouverte qui offrait vue sur la *Penfeld* et le cône pointu de la tour Tanguy, sur l'autre versant du chenal. On était jeudi, l'établissement proposait des tapas qu'il commanda accompagnés d'un verre de vin du Médoc. Il avait à peine déjeuné après avoir quitté Edwige Colot, le sentiment de l'échec lui avait contracté l'estomac.

Malika Cergi n'entama que légèrement le second quart d'heure de retard avant de le rejoindre, il leva la tête vers elle et lui trouva les cheveux plus sombres que dans son souvenir. Ce devait être le crépuscule. Les lignes autour de la bouche étaient plus marquées, les yeux aussi, la peau tendue. Il n'avait pas pris le temps de l'observer suffisamment, elle devait être un peu plus âgée que ce qu'il avait cru. Elle lui serra la main.

— Bonsoir, Commissaire. Désolée…

Elle souriait en essayant de prendre un air dégagé. Il lui devinait le sang en feu, la sueur devait couler sous sa chemise, elle avait couru…

— Mais ce qui m'a retardée va vous intéresser.

Elle avait eu un regard pour les tapas qu'il n'avait pas finis, avant de feuilleter la carte tout en s'asseyant.

— Vous avez avancé ? lança-t-elle.

Il s'attarda dans le silence. Il se sentait trop vieux pour ignorer son retard et le gommer d'un trait de crayon, il n'en avait pas envie. Le serveur approchait. Elle décida de commander la même chose. Il y ajouta un second verre pour lui.

— Je crois… jugea-t-il enfin.

Ses yeux traînaient sur les miroitements de la rivière dont il apercevait un coude au-dessus du muret de pierre, il ne savait pas comment le lui dire, il cherchait… En se caressant le menton, il le trouva anormalement doux alors qu'il s'était rasé de bonne heure, avant de quitter l'hôtel et d'engager les services du chauffeur de taxi au physique de bovin de l'Aubrac. Il se sentait fatigué, d'une fatigue liée aux souvenirs d'enfance qu'il remuait depuis quelques jours. Il considéra les murs du château avec des pensées vagues.

— Connaissez-vous le comte d'Anterroches, madame la Juge ? formula-t-il finalement une fois servi.

Les cônes lumineux rebondissaient dans les trous d'ombre en direction de Recouvrance. Elle prit le temps de humer son verre sans s'étonner.

— Un de vos amis, Commissaire ?

— Pas exactement. Joseph-Charles, comte d'Anterroches, lieutenant du régiment des Gardes Françaises...

Ça le grattait à la racine des cheveux, il y porta la main. Elle avait des origines antillaises, son passé à elle était ailleurs.

— La tradition populaire veut qu'à la bataille de Fontenoy, il ait invité les Anglais à tirer les premiers. C'est ce qu'on m'a rapporté, je n'étais pas là...

— Tout cela est vieux.

— Et chevaleresque, admit-il, parfaitement romantique. Voltaire lui-même ne s'y est pas trompé... C'est ainsi qu'est enseignée l'histoire...

— Vous pensez que ce n'était pas vrai ?

— Certains osent s'interroger, initia-t-il après avoir bu une gorgée.

La nuit s'installait autour d'eux, le vin avait un goût de terre.

— Imaginez que Joseph-Charles n'ait été en réalité qu'un pleutre terrorisé par l'imminence du combat, alors il se serait tourné vers ses propres troupes pour les alerter. Messieurs ! Les Anglais ! Tirez les premiers ! Les mêmes mots...

— Beaucoup moins romanesques, je vous l'accorde.

— Le héros valeureux des livres d'histoire était peut-être un lâche.

— Je vous devine amer, Commissaire.

Il se tourna vers elle.

— Avez-vous des nouvelles de Tanneau ?

— Il sera libéré demain matin, j'ai eu son conseil au téléphone il y a moins d'une heure, c'est pour ça que je suis en retard. Vous êtes attendu en début d'après-midi.

Elle gonfla ses joues dans un sourire.

— Parlez-moi encore du comte d'Anterroches.

— Le sujet vous séduit ?

— Votre analyse, surtout.

Il souleva son verre.

— À votre santé, madame la Juge... Oui, j'ai effectivement avancé.

Il fit un geste, son index plié tapotant son front.

— J'ai cru pendant trente-cinq ans à un scénario romantique et nul n'aurait pu me faire imaginer autre chose.

— C'est instructif de vieillir, plaisanta-t-elle.

Le feu couchant plongeait dans les eaux de la rade, jetant les signes d'une promesse de belle journée pour le lendemain.

— L'idée d'une manipulation ne vous était jamais venue ?

Elle aussi avait fait du chemin.

— Jamais, madame la Juge, avoua-t-il avec une contraction des lèvres. Appelez ça comme vous voulez, manque de maturité...

— Mauvaise perception.

Il fit une grimace et but une gorgée.

— Ce jour-là, se souvint-il, c'est Céline qui a proposé une promenade au lavoir... C'est elle encore qui a décidé qu'il était temps de rentrer... C'est elle enfin qui a voulu emprunter le chemin de la ferme Le Marrec... Messieurs les Anglais, tirez les premiers !

— Vous aviez l'âge d'y croire, Commissaire. Et maintenant, vous pensez autre chose ?

— L'histoire ou la légende ?... Céline a bien proposé la promenade, c'est elle qui a décidé de rentrer et nous avons emprunté le chemin de la ferme Le Marrec, seulement rien de tout cela n'était dû au hasard, Céline savait parfaitement ce qui allait arriver. Elle le savait parce qu'elle avait rendez-vous !

Il laissa s'installer le silence que Malika Cergi ne rompit pas tout de suite. La salle du *Greenwich Café* se remplissait, il y avait des conversations fortes derrière eux.

— Comment en êtes-vous arrivé à cette conclusion ? s'intéressa-t-elle enfin. Vous avez vu Caroyère ?

— Il s'est souvenu de Céline sans savoir qui elle était, il l'a croisée plusieurs fois lors de réceptions. Elle et sa copine Edwige travaillaient au black pour le compte d'un certain Anthony Rempat, mort du sida il y a plus de quinze ans. Elles faisaient des extras. Métal Birds fréquentait les mêmes réceptions.

— Qu'en dit Edwige Colot ?

— Elle ne nie pas. D'après elle, Céline rêvait de quitter Aulnay, elle mettait de l'argent de côté.

— Elle avait une histoire avec un membre de Métal Birds ?

— Edwige prétend l'ignorer.

— Et pourquoi n'en a-t-elle pas parlé ?

Il pinça son dernier tapa qu'il se mit à mâcher, il avait encore faim.

— Pour ne pas créer de problèmes à Rempat, dit-il ensuite. Et puis elle affirme ne pas avoir vu le rapport.

— Les parents Boulher ne savaient rien ?

— Toujours d'après elle, non. Je me suis contenté de poser quelques questions à Charles, les choses ne s'étaient pas bien passées la veille.

Elle tourna la tête vers lui, faisant osciller les boucles créoles qui frottaient sur son col.

— Allez-y…

Il lui raconta, le déni douloureux d'Éliane, sa crise violente, son départ précipité, le désespoir de Charles… Il s'était penché vers elle pour parler à voix basse, il sentait son parfum, il épinglait le cœur d'or pendu dans son décolleté sage comme on fixe un pendule.

— Vous ne le saviez pas ?

— Je ne les connaissais pas, commenta-t-il en relevant le front. Beaucoup se seraient séparés, j'ai eu le sentiment qu'eux se contentaient de se haïr. Sans raison véritable.

— Elle s'est enfermée dans un monde que Charles ne pouvait probablement pas comprendre, dit-elle… Et la montre ?

— Charles ne se souvient pas, Éliane affirme la reconnaître, elle dit la lui avoir offerte, c'était bien à Céline.

Il se remit droit sur son siège, souleva son verre pour une gorgée de vin qui l'aiderait à réfléchir. Ils ignoraient toujours ce qui s'était passé à la villa. Les réflexions de Malika Cergi suivaient le même cheminement, elle grignotait en silence, le regard perdu en direction du quai de la *Penfeld*.

Pour une raison inconnue, Céline Boulher semblait avoir décidé de disparaître définitivement, et collaboré pour cela à son propre enlèvement. Avec l'aide de Chalo ou Larson. Ou celle de Chalo et

Larson. L'affaire avait été décidée le dimanche, Tanneau avait été contacté et Céline s'était absentée plusieurs heures dans l'après-midi, officiellement pour une promenade à Lesneven. En réalité, elle avait rencontré quelqu'un - Chalo ou Larson - et mis au point les détails de l'opération. La date du mercredi avait été fixée, il lui fallait un témoin qui crédibiliserait le rapt, elle avait préconisé le petit-fils des voisins, elle l'inviterait à l'accompagner jusqu'au lavoir où elle traînerait un peu, puis elle proposerait de rentrer par le chemin de la ferme Le Marrec. Il ne fallait pas lui faire trop de mal, l'assommer quand même. Ploumoguer n'était pas si loin, le temps que l'alerte soit donnée…

Oui, le scénario concordait. Voisin passait le dimanche au festival d'Irvillac avec Caroyère, tous les deux rentraient à Paris le lundi, il n'y aurait plus personne à la villa, juste Larson et Chalo. Chalo ou Larson. Tanneau avait noyé la camionnette à la pointe de Locméven, même si on la retrouvait un jour, il y avait peu de risque de faire le lien avec Métal Birds.

Seulement Céline avait été tuée et sa mort ne cadrait pas du tout avec le reste.

Ils pensèrent la même chose au même instant.

— Et si c'était un accident ? suggéra soudain Malika.

Elle avait abandonné sa posture contemplative.

— Le corps est à l'IML, dit-elle, la légiste ne commencera vraiment ses opérations qu'en début de semaine et nous devrons peut-être faire appel à un spécialiste en anthropologie médico-légale, nous n'aurons sûrement pas le rapport avant un moment, mais elle a déjà examiné le squelette en le plaçant en position anatomique. Elle a noté un éclatement de la boîte crânienne, à l'arrière du crâne.

— Un coup?

— Ou un choc.

Baron remua la tête. Il ne servait à rien d'extrapoler mais le scénario d'origine ne prévoyait peut-être pas une disparition définitive. La mort accidentelle de Céline avait pu modifier les plans, c'était pour cela qu'Edwige Colot n'avait jamais rien dit. Chalo et Larson avaient paniqué, ils avaient enterré le corps dans la précipitation et fini par s'en aller très loin, aux États-Unis. Voisin était mort et la villa avait été vendue, Larson à son tour était décédé d'overdose et Chalo se cachait sous son identité américaine derrière le paravent de ses avocats, maîtres Chapman et Kirkbill. Sans la maladie de Tanneau et son incarcération trente-cinq ans plus tard, le corps de Céline n'aurait peut-être jamais été retrouvé. Ou alors dans un siècle, lorsque plus personne ne se souviendrait de quoi que ce soit et que lui-même ne serait plus là, lorsque la justice aurait depuis longtemps détruit ses archives classées sur un non-lieu. Mort anonyme. Causes du décès inconnues.

Baron plongea la main dans la poche de sa veste, ressortit encore les clichés confiés par Blandine Voisin.

— Lorsque j'ai montré ces photos à Caroyère, j'ai eu le sentiment qu'il reconnaissait quelqu'un, une de ces filles.

— Il ne vous a rien dit?

— C'était fugitif. Il pensait quelque chose, peut-être qu'il ne s'est pas souvenu ou qu'il se trompait.

— Nous n'avons aucun moyen de les identifier.

— Il m'a dit qu'il allait y réfléchir et j'ai demandé

à Blandine Voisin de chercher encore. Il me faudrait autre chose, madame la Juge.

Il ferma les yeux en avalant une grande goulée d'air, il y avait de la musique derrière eux, mêlée au brouhaha des conversations, un air jazzy qu'il connaissait et la musique était depuis toujours un élément de sa concentration.

— J'ai appelé Edwige Colot en sortant de chez Caroyère hier soir, enchaîna-t-il en reprenant contact, avant le journal de vingt heures. Je me suis présenté, j'ai dit que je souhaitais lui parler de Céline Boulher…

— Et alors ?

— Elle ne m'a pas semblé surprise. Trente-cinq ans après, elle ne m'a pas posé de questions.

— Vous pensez qu'elle vous attendait ?

— J'en ai eu le sentiment. Caroyère n'avait pas eu le temps matériel de la prévenir et de toute façon, il n'avait pas de raison particulière de le faire, je ne suis même pas certain qu'il la connaisse. Il reste les Boulher, Charles m'a assuré que ce n'était pas lui, je ne sais pas pour Éliane.

— Et Edwige ?

— Elle a prétendu que personne ne l'avait prévenue et je ne l'ai pas crue.

Malika Cergi prit le temps de croiser les jambes. Elle était en pantalon, les pieds nus dans des chaussures à lanières. Il nota une chaîne d'or autour de sa cheville.

— Je vais charger le capitaine Madrand des réquisitions auprès des opérateurs de téléphonie, accepta-t-elle. Occupez-vous de Tanneau, n'oubliez pas qu'il doit vous livrer un nom.

— Je n'oublie pas.

Il se décida à vider son verre. La nuit était maintenant complètement installée autour d'eux, le cône de la tour Tanguy s'était noyé dans la pénombre. Il eut froid soudain, l'humidité soufflée par la *Penfeld* s'insinuait sous sa chemise. Il leva la main pour réclamer l'addition.

— Avons-nous fait le tour ?

— Il me semble. Merci pour le verre, Commissaire. À charge de revanche.

— J'y compte bien…

Il se frotta les yeux, fatigué. Il avait demandé à la Rose de Tralee de lui garder sa chambre, il devait absolument se souvenir enfin de son prénom…

XII

Vendredi… Trop tôt. Baron buvait un café au *Poêlon Gourmand.*

Il lui avait fallu deux heures de route à peine avant de pénétrer dans Colpo. Danièle Branchet, la sœur de Jean-Louis Tanneau, habitait rue du Cimetière. Il avait jeté un coup d'œil sur la maison en passant et n'avait vu personne, la voie se prolongeait par la rue Bod Skoed et son *Poêlon Gourmand.* Il s'était arrêté alors que midi sonnait au clocher de l'église.

Le coude planté sur la table pour maintenir sa tasse en l'air, il bâillait sans chercher à se cacher. Il n'était pas attendu avant quatorze heures trente, l'avocat de Tanneau exigeait d'être présent à l'entretien et les choses avaient été convenues ainsi, il lui restait une bonne demi-heure à tuer. Une demi-heure à ne rien faire… Il termina son café et quitta sa table pour régler l'addition. Il n'y avait pas grand-chose à visiter dans le bourg de Colpo, hormis peut-être le cénotaphe de granit du mausolée de la princesse Élisa Baciocchi, fondatrice de la ville exactement 150 ans auparavant. Il sortit dans la douceur d'un soleil de fin septembre exceptionnel. La famille Bonaparte avait décidément laissé son empreinte partout sur ce territoire.

Baron longea des rues jusqu'au centre du hameau, observa des enseignes d'un regard éteint et poursuivit son errance dans des artères quasiment désertes. Il avait décidé de rentrer chez lui après avoir rencontré Tanneau, les eaux du traict brilleraient de mille feux durant tout le week-end et il allait dormir. Il ne dormait pas assez, or il aimait dormir. Alors, où était le problème ?

C'était à peu près l'heure à laquelle Kalimanzaros l'avait appelé une semaine auparavant et le résultat était là : ils avaient retrouvé Céline, seulement Céline avait menti et Baron en était terriblement agacé, il s'accrochait à cette idée comme un chien à un os. Céline avait menti…

Et après ? Il n'allait pas revenir là-dessus sans cesse. Il n'était rien pour elle et elle ne lui devait rien… Elle s'était simplement servie de lui. Il y avait assez pensé comme ça.

Mais elle avait menti… Pourquoi ?

Il fit demi-tour après un regard en direction du parc et du château de Korn-er-Houët. Il éprouvait le même sentiment d'abandon que le jour où il avait constaté que c'était son lapin qui finissait de cuire sous le couvercle de fonte du fait-tout. Une sorte de déchirure d'enfance. La découverte du mensonge et de la trahison. Le lapin s'appelait Tatave et il n'avait plus jamais mangé de lapin. C'était la même chose, merde. Céline avait depuis longtemps cessé d'être une petite fille, il n'avait pas évalué tout ça et Charles Boulher ne l'y avait pas vraiment aidé, lui non plus ne savait pas qui était réellement sa fille. D'ailleurs que sait-on vraiment de ses propres enfants ?... Il allait falloir le lui dire, lui parler des soirées parisiennes, du sexe et du rock'n roll, de la volonté de Céline de disparaître.

Baron avait retrouvé sa voiture, il se glissa au volant. Quatorze heures trente-cinq. Pourquoi ce scénario délirant ? Pourquoi vouloir à tout prix faire croire à une disparition définitive ?

Il démarra doucement en s'efforçant de se convaincre que les choses étaient finalement mieux ainsi. Plus rien de personnel. Nazer Baron sortait du jeu et laissait sa place au flic. L'affaire n'était qu'une énigme à résoudre, une de plus dans une liste déjà longue, un *cold case* dont on ne savait même plus s'il s'agissait réellement d'un meurtre. Céline avait disparu et ensuite, Céline était morte, peut-être accidentellement. Il allait découvrir comment.

Essayer tout au moins.

*

Debout à la fenêtre, Jean-Louis Tanneau soufflait son haleine maladive en regardant Colpo ankylosée dans sa torpeur. Le soleil de septembre avait fini par percer la couche de nuages après une matinée brumeuse, il nappait le trottoir d'une lumière dorée qui dessinait des figures géométriques sur un tableau figé. Il ne passait pas grand monde dans la rue du Cimetière.

Agrippé à la tapisserie qui couvrait le dossier d'un fauteuil, Tanneau songeait sans émotion que la rue du

Cimetière lui convenait parfaitement, il n'aurait plus à parcourir un long chemin maintenant. Tant mieux. Il voulut lever une main pour essuyer son front de la séborrhée qui le laquait, sa main ne bougea pas… Il en fut à peine étonné. Un effort suffisant de volonté aurait fait obéir son bras, mais cela ne lui déplaisait finalement pas de se sentir ainsi paralysé. Un effort suffisant de volonté… Rien que d'y penser le plongeait dans un état d'épuisement dont il ne voulait plus sortir. C'était la fin, il le savait et il n'avait plus envie de se donner du mal. Rue du Cimetière… Le destin avait parfois des désirs de railler. Quelques centaines de mètres encore… De toute façon, il ne connaissait personne ici, à part sa sœur évidemment.

Sa sœur justement qu'il entendait disposer des tasses dans son dos, elle s'activait depuis que l'avocat était arrivé, une manière sans doute de montrer qu'elle prenait son rôle au sérieux et qu'elle était véritablement disposée à s'occuper de lui, son petit frère. Tanneau avait cessé de se demander pourquoi. Ils n'avaient jamais été réellement proches, elle était de deux ans son aînée, elle avait tracé sa route à sa manière et dans le fond, elle n'avait pas si mal réussi. Mieux que lui en tout cas. Peut-être qu'avec l'âge, des regrets lui étaient venus, maintenant qu'elle vivait seule dans une maison trop grande depuis que le beau-frère avait tiré sa révérence…

Pour la première fois depuis longtemps, Jean-Louis Tanneau adressa un sourire aux caprices de la destinée et cessa d'observer la rue, coupant court à ses réflexions qui ne le menaient nulle part. La vie malheureusement n'autorisait pas les voies de recours, elle sanctionnait en première instance et ses décisions avaient un irritant côté définitif… Il ne voyait pas avec qui il pourrait échanger des propos sur de telles considérations.

— Il arrive, dit-il.

Il contourna le fauteuil en glissant sur ses semelles de feutre, se laissa aller dans les coussins et refusa d'un geste la tasse qu'on lui proposait. Le journal était étalé par terre, à ses pieds, il n'y avait lu que l'article concernant l'affaire et il n'en était pas plus intelligent pour autant. Les journalistes brodaient comme ils savaient le faire quand ils ne savaient rien.

La sonnette extérieure tinta et Danièle se déplaça pour aller ouvrir. L'avocat s'était levé. Un quadragénaire au physique de bouledogue dressé pour les sports de combat. Autrement plus expérimenté que le jeune commis d'office qui s'était occupé du braquage du supermarché quatre ans plus tôt. Tanneau en conservait le goût de l'amertume. Six années fermes pour un hold-up de pied nickelé… Il entendit la porte se fermer, ses épaules se tassèrent.

— Maître Ferdiger, se présentait le conseil, la main tendue.

— Baron…

Le commissaire eut un regard en entrant, en direction de la silhouette maladive comprimée dans son fauteuil, suivi d'un hochement du menton en guise de salut. Tanneau avait les joues assombries par une barbe de deux jours et des cernes sous les yeux, la lumière qui tombait de la fenêtre dans son dos traversait cruellement ce qu'il lui restait de cheveux et faisait briller la peau de son crâne.

— Commissaire… accueillit-il en retour, d'une voix qui pantelait en écorchant les mots.

— Asseyez-vous, proposa Danièle. Voulez-vous un café ?

Baron hocha positivement la tête sans en avoir vraiment envie, il s'installa face à l'avocat et attendit en silence qu'une tasse lui ait été servie. Danièle les laissa en refermant soigneusement derrière elle. Baron considéra la table. Napperon brodé, il n'était pas surpris.

— Nous avions prévu de nous revoir ici, dit-il en regardant Tanneau.

L'autre plissait le front, rassemblant sa concentration.

— Nous sommes au rendez-vous, confirma Ferdiger en escamotant la parole.

Tanneau avait le souffle court. Le cancer lui grignotait la gorge avec l'application d'une compagnie de rongeurs. Il lui arrivait de plus en plus fréquemment de se plier en deux sous l'effet de quintes de toux qui le laissaient étripé et en larmes, il devait se traîner ensuite comme une chenille essoufflée jusqu'aux toilettes pour y cracher du sang. Il vomissait ses entrailles. Sans parler de son état de fatigue. Il resta muet. Pour l'instant, il préférait laisser faire maître Ferdiger.

— J'ai lu que les informations communiquées par mon client vous avaient permis d'avancer, Commissaire, articula ce dernier. Vous avez retrouvé la camionnette à l'endroit qu'il vous avait indiqué.

— Et un corps à la villa, compléta Baron.

Un nom, il n'attendait que cela, un nom qui lui confirmerait qu'il suivait la bonne piste.

— Monsieur Tanneau conteste formellement toute implication dans la mort de cette jeune femme, réagit l'avocat avec un temps de retard.

— J'en prends note…

— Il s'est contenté de la déposer puis il est parti.

Baron hocha la tête.

— Commençons par le début, alors. Vous m'avez affirmé avoir été contacté le dimanche, monsieur Tanneau. Donc le 15 juillet, trois jours avant la disparition de Céline Boulher ?

— Je vous le confirme.

— Par qui ?

— Par un copain que je fréquentais à cette époque, avec qui il m'arrivait de faire des affaires.

— Quel genre d'affaires ?

— Oh… Des coups de main épisodiques, de la manutention, il avait une petite entreprise.

— Il est passé vous voir ?

— Il est venu chez moi, porte de Pantin.

— Comment vous a-t-il présenté la chose ?

— Il avait besoin d'un chauffeur pour quelques jours, quelqu'un qui connaissait les routes du Finistère et il savait que j'avais grandi dans la région. C'était un petit boulot, j'avais l'habitude. J'étais disponible et j'ai accepté.

Tanneau hachait les phrases, le souffle si court qu'il donnait l'impression d'être au bord de l'extinction de voix.

— J'ai cru qu'il fallait récupérer de la marchandise, mais il m'a expliqué qu'il s'agissait d'autre chose.

Il regarda Ferdiger qui hocha la tête d'un air encourageant.

— D'enlever une jeune fille, précisa Baron.

— Oui… Non… Il a parlé d'un problème de garde d'enfant dans un divorce qui se passait très mal.

Pause. Tanneau sentait monter une nouvelle quinte de toux, sa gorge le brûlait, il lutta en avalant une salive réticente.

— La femme refusait que son ex-mari voie sa fille, reprit-il avec effort, et l'homme avait décidé d'enlever sa gamine avant d'alerter les médias, il voulait attirer l'attention sur une injustice, il faisait partie d'une association de pères divorcés.

— Et il avait besoin de vous pour ça ?

— Le gars ne voulait pas être impliqué directement. C'était comme l'affaire Bamberski… Le type qui a fait enlever…

Il n'acheva pas. À son ton, Baron percevait l'épuisement.

— L'assassin de sa fille, je sais.

— Je devais voler une camionnette et déposer la gamine dans une villa de Ploumoguer, ensuite on n'entendrait plus jamais parler de moi, le gars ne saurait même pas qui j'étais.

Tanneau luttait contre l'éraillement de sa voix, son cœur battait la chamade, il aspira de l'air.

— Prenez votre temps, articula maître Ferdiger.

— Ça va aller…

Il se retenait de tousser, des éclairs noirs dansaient devant ses yeux.

— J'avais besoin d'argent…

— Vous avez donc volé une voiture le lundi ?

— Une Acadiane à Montreuil, près du parc des Beaumonts. J'ai juste changé les plaques et je suis parti à Morlaix, dans un hôtel face à la gare, la chambre était réservée.

Ils le virent farfouiller avec lenteur dans ses mèches clairsemées et se gratter le cuir chevelu au-dessus du front dans un geste inconscient. Sa respiration reprenait un rythme normal, l'alerte était passée.

— Vous étiez seul ?

— Seul, oui… Le lendemain, j'ai repéré les lieux, la villa et la pointe de Locméven, il fallait que je puisse faire disparaître la voiture très vite. Ensuite je suis revenu à Morlaix où j'ai traîné toute la soirée. C'était prévu pour le mercredi, je suis parti vers dix heures…

— Prévu depuis quand ? coupa Baron. Depuis le dimanche ?

— Oui…

— Vous saviez depuis le dimanche que ça se passerait le mercredi ?

— Oui. J'ai récupéré mon copain en passant à Lesneven et on s'est arrêtés à la croisée du chemin de la ferme Le Marrec, c'est lui qui m'indiquait la route, j'ai caché la voiture derrière une haie et j'ai attendu, mon pote était descendu.

— Combien de temps ?

— Une heure, peut-être. Il faisait un cagnard pas possible, il n'y avait pas grand monde qui passait…

Baron opina pour lui-même. Il se souvenait de la chaleur, de l'astre au zénith lorsqu'ils s'étaient attardés au lavoir.

— Et puis il a appelé dans le talkie-walkie, enchaînait Tanneau de son timbre rauque, il m'a dit de me tenir prêt. J'ai entendu du bruit, la portière a claqué, il m'a hurlé de partir, j'ai viré et c'est là que je vous ai vu.

— Vous saviez que Céline serait accompagnée ?

— Je l'ai su pendant que j'attendais, il m'a signalé qu'elle n'était pas seule.

— Donc il savait qu'elle sortirait à ce moment-là… il savait qu'elle partirait à pied dans la campagne… il savait qu'elle reviendrait par le chemin de la ferme Le Marrec…

L'avocat écoutait en tripotant ses doigts, il cherchait à comprendre.

— Je ne peux pas vous le dire, regretta Tanneau, j'ai toujours pensé qu'il vous avait suivis.

— Mais il savait qu'elle serait là ce jour-là ?

— C'était prévu…

— Il vous a fallu combien de temps pour aller jusqu'à la villa ?

Le temps de donner l'alerte, de comprendre, de mettre des contrôles en place… Ils avaient atteint Ploumoguer.

— Il n'y avait qu'une quarantaine de kilomètres…

Baron observait son vis-à-vis sans trop chercher à se montrer discret. Les progrès de la maladie, en quelques jours, lui paraissaient sidérants.

— J'ai emprunté les petites routes par Plabennec et Milizac, articulait péniblement Tanneau. Lorsque je suis arrivé, j'ai juste rentré la voiture dans le parc et je me suis garé, prêt à repartir. Il y a eu du bruit derrière, mon copain a sorti la fille et il est revenu me voir, il m'a donné mon enveloppe et il m'a dit d'oublier tout ça après avoir poussé l'Acadiane à la mer. Je suis parti.

— Et ensuite ?

— Ensuite, rien… Je suis rentré chez moi. L'affaire faisait du ramdam, c'est quand j'ai vu les parents à la télé que j'ai compris que tout ça, c'était du flanc.

— Vous n'avez pas cherché à savoir pourquoi ?

— Évidemment que j'ai cherché ! L'enlèvement d'une gamine… Nom de Dieu ! C'était les assises…

Il crispait ses mains sur les accoudoirs.

— Je n'ai pas eu de mal à savoir à qui appartenait la villa. Mon pote m'a dit qu'il y avait eu un problème, que ça ne devait pas se passer comme ça et que la fille était morte. Il disait que jamais les flics ne pourraient remonter jusqu'à nous, il valait vraiment mieux que j'oublie ! Putain…

— Morte comment ?

— Il m'a dit que c'était un accident mais que personne ne nous croirait si ça se savait.

Un nom…

— Votre pote… C'était qui ?

— Anthony Rempat, souffla Tanneau, sa boîte était à Bondy, c'est là que je l'ai connu. Mais il ne vous dira rien, il est mort il y a quinze ans.

Baron enregistra sans broncher.

— Rempat vivait à Bondy, Céline Boulher habitait Aulnay, ça ne vous a pas mis la puce à l'oreille ?

Tanneau se contenta de hausser les épaules.

— À votre avis, il connaissait Voisin, le propriétaire de la villa ?

— Je n'en sais rien… Sûrement, puisque c'est là que j'ai déposé la petite ! Il organisait des soirées avec un tas de musicos et de parasites qui tournaient autour, Voisin était producteur d'un label.

— Il n'y avait personne à la villa ?

— En tout cas, je n'ai vu personne, je n'ai pas bougé de mon volant. Il y avait quand même une voiture sous les arbres et ce n'était pas celle de Rempat, je l'ai aperçue dans mon rétro, une de celles qu'on n'oublie pas, une Lamborghini jaune.

— Que vous n'aviez jamais vue ?

— Je m'en serais souvenu...

Baron vida sa tasse de café amer, Tanneau disait la vérité. L'homme était au bout du rouleau.

— Vous ne vous souvenez de rien d'autre ?

Il ébaucha un sourire las qui valait dénégation, avant de s'inquiéter :

— De quoi est-elle morte ?

— Nous n'en savons rien pour l'instant, le renseigna Baron... Vous avez revu Rempat, par la suite ?

— Très peu.

— Il trempait dans quel genre de combines ? La drogue ? Les femmes ?

— La drogue peut-être. Les femmes, ça m'étonnerait... Ça ne l'intéressait pas.

— Il était gay ?

— Il en est mort.

Baron croisa le regard de maître Ferdiger, attentif mais muet. Il se mit lentement debout.

— Le nom d'Edwige Colot vous dit quelque chose ?

— Je ne crois pas, souffla Tanneau d'un air dubitatif.

— Et Paul Caroyère ?

— Non plus.

— Vous ne fréquentiez pas les soirées qu'organisait Rempat ?

— Il m'appelait simplement pour des histoires de transports quand il avait besoin d'aide.

— Une dernière chose...

Il inspira une large goulée d'air.

— Pensez-vous que Céline Boulher ait pu être complice de son propre rapt ?

Il dominait Tanneau et le contre-jour le gênait moins, il distinguait la taie que l'homme avait à l'œil droit.

— Je ne l'ai vue à aucun moment, affirma Tanneau, c'est dans les journaux que j'ai découvert son visage… Mais ce que je sais, c'est que je n'ai pas entendu de bruit pendant que je conduisais, elle ne se débattait pas. Et Rempat n'a pas non plus eu besoin d'aide pour la sortir une fois à la villa.

— Merci… Maître…

Baron tendait la main, marquant la fin de l'entretien.

— Si une nouvelle audition est nécessaire, je vous en informerai. Monsieur Tanneau… Ne vous dérangez pas.

Danièle Branchet avait disparu dans les étages. Il ne la chercha pas et sortit dans la rue avec le sentiment d'avoir fermé le cercle. C'était Rempat qui avait organisé le faux rapt. Commandité par qui ? Rempat, Voisin, Caroyère, Métal Birds… Céline connaissait ces gens-là.

Il se mit au volant en songeant à la Lamborghini jaune… Appartenant à Chalo ou à Larson ? La présence de l'un n'empêchait de toute façon par celle de l'autre. Céline s'était bien moquée de lui, ça faisait trente-cinq ans qu'il vivait avec une illusion qui ne valait pas tripette. Un jouet. Un faux témoin, voilà ce qu'il était. Il frappa le volant de son poing fermé. Écœuré.

XIII

Le pavillon était plongé dans un silence uniquement troublé par la progression rythmée des aiguilles de l'horloge. Tic tac… Tic tac… Et Charles Boulher finissait par ne plus entendre que cela, le murmure de la ville ne montait plus jusqu'à lui, ni les sirènes, ni les coups de klaxon, ni les cris des gamins dans une cour voisine. Tic tac… Tic tac… L'écho du balancier lui emplissait le crâne et lui serrait les tempes, il avait envie d'exploser.

Il bondit brutalement hors de son siège et gagna le pied de l'escalier. Il n'en pouvait plus, il étouffait. Il vivait depuis deux jours dans un silence de catacombe, il n'avait plus revu Éliane depuis son esclandre et les insultes qu'elle avait proférées, elle s'était enfermée là-haut et il ne sourdait plus le moindre bruit depuis l'étage. Intolérable.

Charles Boulher tendit l'oreille et ne perçut aucun son. La vieille maison craquait par endroits et même la bâtisse semblait maintenant retenir son souffle et cadenasser ses gémissements. Boulher posa le pied sur la première marche. Il ne supportait plus cette attente et ce vide. Il progressa lentement, contrôlant sa respiration, oubliant la douleur dans ses reins, tirant sur son bras agrippé à la rampe en veillant à poser ses semelles bien à plat.

Le palier était plongé dans la même pénombre que la veille, les portes fermées repoussaient toute clarté. Boulher se dressa face à celle de droite, colla sa joue au battant, cherchant à deviner un murmure ou le grincement d'un sommier, un ronflement furtif ou seulement le froissement d'un papier, n'importe quoi, un signe, juste l'indiscrétion d'une vie qui continuait de s'écouler de l'autre côté de la cloison. Il ne perçut rien.

— Éliane ?

Il devinait les battements accélérés de son propre cœur. Il attendit d'avoir retrouvé son calme et respira profondément. Il était certain qu'Éliane l'avait entendu… Certain. Sa main se posa sur la poignée et exerça une pression lente, il pesa de l'épaule contre le panneau et buta sur le verrou enclenché.

— Éliane !

Qu'espérait-il ?… L'espoir. Le mot sonnait creux dans ce décor poudreux. Il se sentit très las d'un seul coup. La maison lui apparut telle qu'elle était maintenant, sinistre, avec ses murs sombres, ses meubles pauvres, et sa clarté de banlieue qui posait des salissures sur tout. Il passa une main hésitante dans ses cheveux flous en se demandant ce qu'il faisait là, lui l'enfant des grands espaces de Saint Renan… quel sillon avait-il tracé… quel chemin avait-il parcouru… pour en arriver là ! Et pourtant ils ne pouvaient pas continuer ainsi, c'était la mort programmée.

— Éliane ! Il faut qu'on parle, merde !

La pression dans ses artères se faisait plus intense, il sentait l'énervement le gagner. Il promena son regard autour de lui, ses lèvres esquissèrent une moue volontaire. Non, cette fois il ne renoncerait pas, il n'allait pas redescendre sans rien faire et replonger dans un silence suicidaire qui ne mènerait à rien. Il tenta la douceur.

— Éliane… répéta-t-il un ton plus bas, ouvre-moi. On a des choses à se dire, je te demande pardon si quelques fois je t'ai déçue, ce n'était pas contre toi… Moi aussi je suis mal.

Ses yeux gris pâle étaient braqués sur la poignée qu'il ne lâchait plus. Ses nerfs n'offraient plus de résistance. Il secoua la main.

— Nazer a appelé hier, il a vu Edwige Colot… Éliane !

Le silence avait la profondeur d'un gouffre dans lequel Charles Boulher se sentit aspiré. Il attendit quelques secondes interminables. Il hésitait encore.

— Salaud.

Il avait sursauté, pas certain d'avoir bien entendu.

— Qu'est-ce que tu dis ?

La voix cette fois traversa le panneau de bois avec une violence accrue :

— Salaud !

Sidéré, Charles Boulher porta les poings à ses tempes. Ce n'était pas possible… Pas ça ! Lui, Charles Boulher, ne pouvait accepter d'en être réduit à cette attente insupportable. La colère déferla. Il vit rouge et précipita son épaule contre le battant. Il se fit mal et ne put retenir un hoquet.

— Éliane!

Il avait hurlé et ne perçut en retour qu'un immense vide. Alors Charles Boulher cessa de se contrôler pour se précipiter dans l'escalier. Il n'avait plus peur. Il traversa la véranda sans souci pour les élancements douloureux qui lui cisaillaient les reins, il sortit dans le jardin, pénétra dans la remise au fond du garage et s'empara d'une masse posée sur le sol cimenté. Éliane perdait la raison et il refusait de plonger avec elle, il fallait qu'il lui parle. Maintenant tout allait mieux, il ne craignait plus rien.

Il remonta armé de l'outil avec lequel il allait faire sauter le verrou.

*

Nazer Baron émergea de son sommeil, la gorge asséchée par la soif, et resta un moment hébété à contempler le plafond. Ce n'était pas son heure habituelle, quelque chose clochait, quelque chose dans l'éclairage ou dans l'atmosphère… Il mit du temps à réaliser que c'étaient les lumières du quai qui dessinaient des ombres dans la pièce et que quelqu'un respirait doucement à côté de lui. Discrètement mais avec application, quelqu'un plongé dans un sommeil profond et réparateur.

Il fixa le velours ténébreux qui occultait les vitres, atténué par les lumignons de la criée et les enseignes de la rue. Il était chez lui, dans sa chambre, et c'était la nuit. La raison pour l'instant lui échappait, il se dressa sur un coude et tout lui revint en mémoire comme le fatras d'une malle de souvenirs renversée et trahie par son couvercle. La route depuis Colpo, l'arrivée au Croisic, Odile déjà rentrée… Odile qui peuplait ses rêves depuis plusieurs nuits…

Odile, belle dans son sommeil. La couverture repoussée découvrait une poitrine que le temps avait peut-être légèrement alourdie, mais qui y avait gagné en douceur. D'ailleurs le temps, Baron s'en moquait un peu, ils ne se connaissaient pas depuis si longtemps. Odile avait des seins comme il les appréciait, blancs et roses, tracés de veinules bleues, souples, laiteux, fermes, dorés selon les saisons…

Il avança une main pour effleurer la peau et se rendit soudain compte que le souffle régulier avait diminué d'intensité. Les paupières grandes ouvertes, Odile le contemplait.

Il chuchota :

— Quelle heure est-il ?

Il avait conservé sa montre, la clarté était suffisante pour y démêler les aiguilles.

— Vingt et une heures quinze, renseigna-t-il lui-même.

Ils étaient là depuis plus de trois heures, l'obscurité était tombée et ils ne s'en étaient pas rendu compte. L'esprit encore confus, Baron ravala un bâillement et se logea au creux d'une épaule en fermant les yeux, les jambes toujours lourdes, et prêt à replonger dans le sommeil. Il n'était pas certain de vouloir autre chose pour l'instant. Il était fatigué. Il trouvait juste merveilleuse la lassitude qui le clouait là, sans réaction, il refusait de reprendre conscience.

C'était son téléphone qui l'avait réveillé, il l'avait entendu mais n'avait pas bougé, l'épreuve d'un étage à descendre précipitamment s'annonçait carrément insurmontable sur le moment.

— Ça va mieux ?

Il fit l'effort de dessiller une paupière étonnée.

— Parce que ça n'allait pas ?

Odile bougeait pour se libérer et s'élever au-dessus de lui, elle sentait vaguement la fraîcheur sur sa peau mais elle ne voulait pas remonter le drap qui avait glissé.

— Je sais distinguer quand il y a urgence. Et là, c'était vital.

— Tu m'as manqué, dit-il avec tendresse en ramenant le tissu.

— J'espère bien…

Elle se souleva pour prendre appui sur son coude, s'accorda le temps de l'observer.

— Dis-moi ce qui n'allait pas.

— Rien…

Le miaulement d'un chat sur un toit voisin lui fit dresser la tête, il fixa le cadre plus clair de la fenêtre et les traits de lumière zébrant la vitre.

— Peut-être une mauvaise sensation, admit-il finalement en laissant sa nuque retomber sur l'oreiller. La fatigue.

Elle fixait la fossette au creux de sa joue, une fossette d'amertume, avec au coin des yeux des rides d'homme qui avait couru le monde, et c'était justement pour ça qu'elle jugeait cette fossette attendrissante.

— Et Céline un petit peu, non ?

— Aussi probablement.

— J'ai entendu les informations.

— Et alors ?

— Tu l'as retrouvée ! Trente-cinq ans après peut-être, mais tu l'as retrouvée…

Il bougea les épaules en silence, écarta du doigt une mèche qui lui masquait un œil.

— C'est ça qui te chagrine ? D'avoir mis tout ce temps.

— Ça et autre chose.

— C'est moche, ce qui lui est arrivé ?

— Pour l'instant, on n'en sait rien…

— Qu'est-ce que c'est, alors ?

Il l'aida à se soulever, l'enserra dans ses bras, laissa ses mains caresser le dos nu et épouser l'arrondi de ses hanches. Elle avait raison, il n'était pas bien en arrivant, il promenait une mélancolie éreintante depuis deux jours. Plus qu'une mauvaise sensation, c'était une colère rentrée contre lui-même. Un enquêteur doit savoir douter de tout, il n'avait jamais vu en Céline autre chose qu'une victime.

Il laissa longtemps ses doigts agacer la peau nue, effleura trois minuscules grains de beauté en triangle renversé, suivit le sillon, frôla l'ourlet à la jointure des cuisses. Il paraissait agir dans l'inconscience en ne songeant à rien, regard noyé dans la peinture du plafond, mais il vibrait à ce contact, elle devait le sentir.

— Tu sais quoi ? réfléchit-il au terme d'un long moment.

Elle lui adressa un baiser aérien.

— J'ai de belles fesses ?

Sa bouche aux lèvres délicates lui souriait dans un mélange ironique et pourtant très sérieux. Il croisa son regard.

— J'aime…

— J'espère bien… Alors ? Dis-moi…

— Tu te souviens du *Grand Meaulnes* ?

— Un peu…

— *Je m'étais fait de ce jour tant de joie à l'avance…* Les désillusions…

Odile avait maintenant les bras tendus, il devinait les contours mouvants de ses épaules dans la pénombre, ses seins qui évoluaient doucement en apesanteur, ses reins qui bougeaient à sa recherche alors qu'elle glissait insensiblement une jambe le long de sa hanche. Elle planait en liberté à présent, elle jouait avec lui.

— Tu es contrarié ?

Il se mordit la lèvre sans répondre. La caresse se faisait plus précise, Odile le dirigeait doucement de la seule ondulation de ses reins.

— Tu parcours des chemins interdits ?

Il ferma les yeux, troublé et néanmoins de nouveau apaisé tandis qu'elle le chevauchait avec une lenteur inaccoutumée.

— Céline n'était plus une gamine, murmura-t-il, c'est elle qui voulait disparaître…

Il rouvrit les paupières, la pénombre dessinait des courbes sur la peau nue d'Odile, elle avait le regard fixe. Il avait envie d'elle et il se tendit, cherchant à la rejoindre, elle cambra le dos pour l'engloutir. Il était couché de tout son long et la tenait aux hanches, elle s'était agrippée au montant du lit et il cala sa respiration sur les plaintes qui montaient de sa gorge.

Il avait les yeux à hauteur de sa poitrine, il plia les bras, affermit ses mains le long de ses côtes, retint les vagues qui déferlaient dans ses reins, de plus en plus puissantes. Elle bougea davantage pour l'amener au plaisir, et il eut malgré ça la sensation de longues minutes quand son corps explosa. Alors elle se laissa aller sur lui et il ramena encore le drap pour la couvrir, la serrant dans ses bras, devinant les battements de son cœur qui cherchait l'apaisement…

Il somnola ainsi et le téléphone sonna de nouveau longuement à l'étage en-dessous, dans son bureau où il l'avait laissé, il écouta malgré lui, guettant l'indicatif d'un message enregistré par le correspondant. Il n'y en eut pas. L'ombre s'étendait dans la pièce, masquait les angles et calfeutrait les contours, bientôt ils n'y verraient plus rien, que le rebord des vitres ouvertes sur le quai. Les bruits de la rue s'estompaient.

— Tu as faim ?

— Un peu, dit-elle.

Il lui baisa la tempe.

— Il faut que j'aille voir.

Elle se laissa aller sur le côté pour le libérer et il se décida à se lever, tirant le rideau sur la nuit avant d'éclairer et de passer sous la douche. Il y resta un long moment, la fatigue ruissela avec l'eau le long de son corps et disparut. Il se sentait bien. Odile prit sa place, il enfila un peignoir.

— Je prépare quelque chose.

Un verre d'abord, il avait horriblement soif. Il descendit à l'étage inférieur, passa dans son bureau pour vérifier l'origine des appels. Charles Boulher, qui avait cherché deux fois à le joindre mais n'avait pas laissé de message, et Baron renonça à le contacter tout de suite, il n'avait pas le courage de lui parler des chemins interdits, de Tanneau et des soirées de Rempat, de Caroyère et de Métal Birds, pas maintenant mais plus tard… demain…

Il vida une demi-bouteille d'eau tirée au robinet avant de se servir un verre de vin dans la cuisine, grilla des toasts, arrangea du saumon sur un plat et disposa le tout sur la petite table du bureau, devant la cheminée qui n'avait pas encore été rallumée depuis l'hiver précédent. L'envie lui prit d'enflammer des bûchettes à présent qu'il se sentait mieux, un reste de petit bois s'entassait dans le fond de la corbeille d'osier brut, il froissa le papier d'un journal ancien, disposa des brindilles, frotta une allumette…

— C'était qui ? s'inquiéta Odile qui le rejoignait enfin.

Elle flottait dans un pyjama trop grand pour elle.

— Charles, dit-il en observant les flammes bleutées qui montaient à l'assaut du vieux conduit. Il a appelé deux fois…

Le feu avait pris. Il plaça devant une grille noircie.

— Éliane est en plein déni, ajouta-t-il en se redressant, elle s'est enfermée depuis que je suis passé les voir.

— Enfermée ?

— Ils font chambre à part depuis trente ans. Il ne m'en avait jamais parlé.

Il alla s'asseoir sur le bras du fauteuil qu'occupait Odile et, penché en avant, se mit à préparer un canapé en goûtant la chaleur qui montait.

— Elle s'est réfugiée dans la religion, elle fait des pèlerinages, elle va prier à chaque fois qu'elle peut… c'est là qu'elle a trouvé la force de continuer. Et ça énerve Charles.

De ces dix minutes-là passées dans le pavillon d'Aulnay-sous-Bois, il ne conservait pas vraiment d'image, plutôt une sensation, une sensation de violence et de rancune accumulée.

— Tiens…

Odile croisa les jambes avant de prendre le toast qu'il lui tendait, passa son autre main dans ses cheveux.

— Tu en penses quoi ?

Il secoua lentement la tête.

— Ça m'a rappelé un type qui s'est jeté sous le train. La quarantaine, père de famille… Il avait perdu son job mais il allait rebondir, il cherchait, il se croyait soutenu. Seulement sa femme avait fini par le rendre responsable alors qu'il n'y était absolument pour rien, et pour lui c'était pire que le chômage, c'est ça qu'il n'a pas supporté…

— Et elle ?

— Elle avait juste peur de ce qu'il leur arrivait, il lui fallait quelqu'un sur qui taper, je crois même qu'elle pensait l'aider.

Il se mit à jouer avec le couteau qu'il tenait entre ses doigts, faisant vibrer la lame sur la bordure du beurrier.

— Céline voulait disparaître.

— Pourquoi ?

— Elle avait dû rencontrer quelqu'un qui l'avait convaincue. Seulement elle est morte et ça, ça ne colle pas. La plupart des témoins sont décédés, le principal survivant est devenu citoyen américain…

Le trouble lui travaillait le corps comme une démangeaison. Il n'aimait pas les choses inexpliquées, et encore moins les choses inexplicables. Il se remit à sa préparation.

— Je crois qu'Éliane l'avait compris, ou au moins soupçonné, envisagea-t-il. Elle avait admis l'idée que sa fille avait peut-être organisé elle-même son kidnapping. Et là, il faudra bien lui poser la question : pourquoi ? Il y a un tas de choses que nous ignorions à propos de Céline, un tas de gens qui gravitaient autour d'elle et dont personne n'avait jamais parlé. Pourtant certains savaient, je ne comprends pas leur silence.

— Éliane ?

— Elle s'en doutait. Et elle a pu s'imaginer que Céline vivait encore, ça l'aidait probablement à survivre. J'ai brisé cette illusion.

Ils étaient toujours attablés lorsque Boulher appela pour la troisième fois, à vingt-deux heures largement sonnées. Baron hésita avant de quitter son siège pour décrocher.

— C'est Charles, lut-il sur l'écran du Samsung posé sur son bureau.

— Réponds-lui…

Il n'en avait pourtant pas vraiment envie.

— Charles ?

— Ah, tu es là…

La voix était tendue. Trop. Baron plissa le front, alerté. Il imaginait le septuagénaire confiné dans le silence de son pavillon et il ne l'enviait pas.

— Je suis désolé pour tout à l'heure, s'excusa-t-il en revenant vers la cheminée, je ne pouvais vraiment pas répondre.

— Ne t'inquiète pas…

Il y avait trop d'anxiété dans les accents, ce n'était pas seulement de la contrariété. Intuitivement, Baron eut l'absolue prescience d'un malheur. Il suspendit sa marche.

— Que se passe-t-il, Charles ?

— Je voulais te parler d'Éliane…

— Elle refuse toujours de vous voir ?

— Elle ne me verra plus, Nazer, elle est partie. Elle est morte.

Un silence, terriblement éloquent. Baron eut l'impression que le parquet se mettait à tanguer sous ses pieds, il resta stupide.

— Morte ?

Bouche bée, sans réaction, avant de bégayer :

— Comment ça, elle est morte ?

— Elle s'est tuée.

Baron était toujours debout, il s'écroula dans son fauteuil, abasourdi.

— Elle était toujours enfermée là-haut, disait Boulher, j'ai essayé de lui parler mais c'était impossible, elle ne voulait pas m'ouvrir. Alors…

Il serra la main autour de son portable pour freiner une exaspération soudaine. Crier ne servait à rien.

— Alors quoi ?

— J'ai défoncé la porte et je l'ai trouvée, elle s'était pendue.

— Oh non…

Il ravala les mots de colère qui lui montaient aux lèvres.

— Pourquoi a-t-elle fait ça ?

Parce que lui, Baron, avait tué l'espoir avec lequel elle vivait depuis trente-cinq ans. Tant qu'on ne retrouvait pas Céline, Éliane s'accrochait désespérément à la conviction que sa fille vivait quelque part et qu'elles se reverraient.

— Je suis désolé, Charles.

Désolé… Platitude. Connerie. Il avait échoué sur toute la ligne !

— Où êtes-vous ?

— Chez moi.
— Seul ?
— Je voulais juste te prévenir… Il est tard, je te laisse.
— Mais non. Ne restez pas seul, Charles ! Appelez quelqu'un, sortez !
— Ne t'inquiète pas, je te dis. Je te préviendrai pour les obsèques. Merci de ton aide.
Il avait raccroché avant que Baron ait eu le temps de répondre. Odile avait compris.
— Éliane ? demanda-t-elle quand même.
Baron opina en silence, consterné. Son regard sans expression faisait le tour de la pièce avant de se poser sur le cadre remis en place par Kalimanzaros exactement une semaine auparavant, le portrait d'une jeune fille debout sur la margelle d'un lavoir et qui souriait à l'opérateur. Elle avait le visage éblouissant sous le soleil.
— Elle s'est pendue, murmura-t-il en se redressant.
Il marcha jusqu'à la bibliothèque, sortit le portrait de son encadrement et le fixa longuement avant de prononcer :
— Qu'as-tu fait, Céline ?
Mais elle n'était plus là pour lui répondre.

XIV

Lundi… Il s'était réveillé de bonne heure, comme toujours lorsqu'Odile travaillait. Six heures. À sept heures moins le quart elle était partie, il avait fini de se préparer, avait empilé du rechange dans son sac de voyage et pris la route avec les informations de sept heures. Il faisait encore sombre. Une fois sur la 164, il avait calé le limiteur de vitesse à 120 et n'en avait plus bougé.

Il avait appelé Blandine Voisin la veille, sans souci de repos dominical ni de respect de la vie privée. Elle ne lui avait pas donné de nouvelles depuis le jeudi précédent et il avait besoin d'elle, peu importait le dimanche. En fait elle attendait son contact, c'était ainsi que les choses avaient été prévues et elle n'avait pas été étonnée, elle lui avait dit avoir découvert d'autres clichés dans les archives d'Eddy Simonos. Un pseudo qu'il jugeait maintenant parfaitement ridicule ! C'était l'époque. Quel grand gourou de la communication avait pu avoir l'idée d'appeler une starlette de la chanson Ringo Willy Cat ? Ringo WC…

Baron ne décolérait pas, il voulait en finir avec cette affaire même si l'assassin devait échapper à toute poursuite, il voulait juste comprendre, savoir ce qu'il s'était passé, pouvoir l'expliquer à Charles Boulher et laisser le vieil homme finir sa vie au milieu de ses fantômes. Il traversa le Morbihan sous une pluie fine qui nimbait les contours du paysage découpés par la lumière matinale, puis s'arrêta à la hauteur de Quimperlé pour soulager un besoin naturel et avaler un café avant de reprendre la route.

Il repensait avec malaise au suicide d'Éliane. Avait-elle réellement compris que c'était Céline elle-même qui avait décidé de disparaître et de tout quitter en abandonnant père et mère ? Quand l'avait-elle compris ? Son sentiment de culpabilité avait dû être atroce. Qu'avait-elle imaginé pour continuer à vivre ? Que Céline était bienheureuse là où elle se trouvait et qu'il fallait la laisser tranquille… Qu'elles se reverraient un jour… C'était ce qu'elle répétait sans cesse et Charles n'avait vu là que discours mystiques inspirés par les bondieuseries d'une religion à laquelle il n'adhérait pas. C'était ce qu'il avait rapporté à Baron, Éliane se comportait comme si elle savait ! Elle savait quoi ? Qu'il existait un Dieu ?… Charles n'avait pas compris. Éliane savait, oui, mais pas ça ! Autre chose ! Éliane savait que sa fille avait choisi de disparaître et qu'elle vivait quelque part dans le monde, satisfaite sans doute, en tout cas elle l'espérait, c'était pour ça qu'elle priait, à Lourdes, à Paray le Monial ou à Lisieux… C'était sa manière à elle de conjurer l'insupportable. Il devait contacter son confesseur, l'abbé Thoury, celui que Charles aurait volontiers étranglé.

Tout en conduisant, Baron imaginait le choc qu'avait pu ressentir Éliane Boulher lorsqu'il avait annoncé que le corps de Céline avait été retrouvé près de Ploumoguer, à quarante kilomètres du lieu de sa disparition. Céline n'était pas allée plus loin. Elle était morte depuis trente-cinq ans et l'illusion patiemment construite par Éliane s'était effondrée. « Ce n'est pas elle ! » avait proféré la vieille femme, « ce n'est pas elle… ». Elle l'avait hurlé. La vérité était trop cruelle.

Baron chercha dans le vide-poches le CD de Métal Birds qu'il voulait écouter une dernière fois avant de le rendre à Blandine Voisin et poussa le volume pour s'étourdir. Larson à la guitare et Chalo au clavier. Lequel des deux était responsable, lequel des deux avait convaincu une gamine de tout quitter pour lui ? Pour la folie d'une vie meilleure aussitôt achevée sous le tas de terre d'une tombe occulte. Comment était-elle morte ?

Il retira le disque, il n'en avait plus envie. Il approchait de Brest où l'attendait Blandine Voisin dans son cabinet de la rue du Château, il n'était pas dix heures. Il ne lui avait pas annoncé d'heure d'arrivée, elle devait prévenir sa secrétaire qui lui passerait le message entre deux rendez-vous et il patienta dans la même salle d'attente que quatre jours auparavant, observant le ciel qui s'était dégagé et un résidu de nuages cotonneux au travers desquels perçait maintenant le soleil.

Il oubliait quelque chose… Contacter l'abbé Thoury. Rien ne disait que le prêtre accepterait de révéler ce qui avait pu lui être confié sous le sceau du secret de la confession. Essayer quand même… La Lamborghini jaune. Il avait passé l'information à Malika Cergi, le capitaine Madrand devait s'en occuper. Appeler Caroyère, lui se souviendrait peut-être…

— Monsieur… Madame Voisin va vous recevoir tout de suite.

Baron emboîta le pas de la secrétaire et pénétra dans le bureau de la podologue.

— Bonjour, Commissaire.

Il lui sourit en lui serrant la main.

— J'ai un peu de temps, mon prochain rendez-vous n'est qu'à la demie, asseyez-vous…

Il s'installa.

— Vous avez trouvé d'autres clichés ?

Elle les sortit d'un tiroir en confirmant :

— Quelques-uns, des portraits de gens auxquels vous vous intéressiez.

Il y en avait plusieurs qu'elle lui présenta un à un.

— Les jeunes femmes d'abord. Celle-ci. Je l'ai retrouvée plusieurs fois, elle est souvent en compagnie de Claude Larson, là elle lui tient le bras… On a l'impression qu'ils sont ensemble.

— Sa femme ?

— Je ne la connais pas.

— Larson était marié, il avait une fille.

Elle fronça les sourcils.

— Quand vous dites « avait »…

— Il est mort il y a quinze ans. Vous ne le saviez pas ?

— Non… Et les disques, alors ?

— De vieux enregistrements remasterisés. Larson est mort en Afrique, d'une overdose.

— Ah…

Elle mit deux secondes à digérer l'information, avant de hausser les épaules avec indifférence.

— Ça ne m'étonne pas... On la reconnaît sur celle-là aussi, toujours avec Larson. Interrogez Caroyère, lui pourra peut-être vous renseigner.

Il approuva tout en retournant les clichés, annotés comme les autres. Mai 1979. Deux mois seulement avant la disparition de Céline.

— Et l'autre jeune femme ?

— Je ne suis pas certaine. Elle est de profil, j'ai repéré quelqu'un qui pourrait être elle sur cette photo, mais de face, prise en avril, toujours en 1979. Le garçon à côté d'elle était le bassiste de Métal Birds à l'époque, ils en ont changé plusieurs fois.

— Vous savez ce qu'il est devenu ?

— Je ne me souviens même pas de son nom, mais ça peut sûrement se retrouver facilement. Vous savez, Métal Birds était essentiellement un duo, les autres membres du groupe changeaient régulièrement, lui en tout cas était là en 1979.

— Donc au festival *Elixir*, à Irvillac ?

— Sans doute.

Elle avait conservé le plus intéressant pour la fin.

— J'ai trouvé ça, aussi... Et j'ai une date. Mon père a indiqué où ont été pris ces clichés, au Pavillon de Paris en 1979. C'était une des principales salles de concert parisiennes à l'époque. J'ai retrouvé la mention dans l'agenda, Métal Birds s'y est produit le 4 juin, un lundi, deux jours après Alice Cooper. J'ai récupéré un programme.

Le concert s'était poursuivi par un dîner, une réception plutôt à laquelle participaient les médias et un chapelet d'invités sélectionnés. Baron y distinguait des têtes connues, il identifiait Voisin et Caroyère, reconnaissait les membres de Métal Birds. Deux, trois, quatre clichés… Il se raidit.

L'instantané le plus percutant montrait Daniel Chalo saisi sur le vif, en veste légère sur un sweat-shirt sans col, une coupe de champagne à la main. Il ne s'intéressait pas à l'opérateur, il fixait quelqu'un d'autre, la jeune femme qui tendait un plateau vers lui mais suspendait son geste pour décocher un sourire éclatant. En courte robe noire. Décolleté avantageux. Jambes gainées. Coiffée, maquillée, Céline Boulher ne ressemblait en rien à la jeune fille debout sur la margelle d'un lavoir. Elle était une femme et Chalo la fixait avec une intensité presque douloureuse.

Une très belle femme. Baron avait du mal à détacher son regard de la scène. Céline fixait le photographe mais Chalo n'y faisait pas attention, il n'avait d'yeux que pour elle et ce n'était pas une observation de circonstance mais une concentration ardente, presque une possession, une envie violente. Il n'avait même pas dû se rendre compte qu'on les photographiait.

Baron avait sa réponse.

*

Caroyère était chez lui, ou tout au moins joignable. Il décrocha à la première sonnerie, sans exprimer la moindre contrariété d'être ainsi dérangé.

— Commissaire ? Vous avez du nouveau ?

Baron appelait de sa voiture, garée à hauteur du conservatoire de musique.

— Monsieur Caroyère ! salua-t-il. J'ai pu en effet récupérer quelques clichés supplémentaires des jeunes femmes que je vous ai montrées l'autre jour. J'aimerais vous les adresser.

— Si vous voulez.

— Dites-moi… La brune, vous vous souvenez ?… Celle sur laquelle vous vous interrogiez… Pourrait-il s'agir de l'épouse de Larson ?

— Sûrement pas !

— Vous la connaissez ?

— J'étais invité au mariage. Rien à voir. Croyez-moi, ce n'était pas elle. D'ailleurs je me suis souvenu d'elle.

— De la brune ?

— Exactement. Je sais où je l'ai vue.

Les portraits étaient étalés sur le siège passager.

— J'ai plusieurs photos d'elle en compagnie de Larson, indiqua Baron, prises en mai 1979 pour certaines et d'autres après un concert au Pavillon de Paris, début juin.

— Je me souviens, approuva Caroyère, c'était juste après la sortie de l'album *Rustical Rock*, à mon avis le meilleur opus qu'ils aient produit. Cette fille était la compagne de Larson à l'époque, je ne sais pas combien de temps ça a duré.

— Vous savez ce qu'elle est devenue ?

— Ça doit être assez facile à découvrir, son nom d'artiste était Abella Dark.

— Une chanteuse ?

— Pas vraiment, Commissaire… Elle tenait le rôle de la fille de famille dans *Vingt mille vieux pour mémère*. Il me semble qu'elle a été sélection de je ne sais quel prix pour *Candidate aux érections municipales*…

— Elle était actrice ?

— Si vous voulez. Larson en était très fier. Il me semble que c'est à Londres que j'ai fait sa connaissance, pendant l'enregistrement de *Rustical Rock* justement, aux studios Abbey Road.

— Elle y était ?

— Sûrement pas, mais les cessions se déroulaient la nuit et Larson décompressait au petit matin en visionnant les cassettes de sa copine. Pas étonnant que je n'ai conservé qu'un vague souvenir de son visage, le reste m'était plus familier.

Il rit de sa plaisanterie.

— Je l'ai revue à deux ou trois occasions, en chair et en os cette fois, au Pavillon de Paris, c'est exact… mais aussi et surtout au festival *Elixir*. J'ai repensé à ce que vous m'aviez dit, je me suis souvenu de ce concert, nous étions plusieurs dans le *backstage*, Voisin et d'autres, je suis certain qu'elle était là.

— Elle accompagnait Larson ?

— Absolument.

— À la villa ?

— Sûrement.

— Qui d'autre était là ? Les musiciens du groupe ?

— Voisin hébergeait tout le monde.

— Qui était le bassiste de Métal Birds à cette époque ?

— Il y en a eu plusieurs…

Caroyère prit un moment de réflexion.

— Raphaël Gautheron, il me semble, il a dû intégrer la formation au moment de *Rustical Rock*. Pourquoi ?

— L'autre fille sur la photo pourrait avoir été sa compagne. Vous savez ce qu'il est devenu ?

— Pas la moindre idée, Commissaire. Je crois me souvenir qu'il était de la région de Besançon, mais tous ces gens-là ont l'âge d'être retraités. Retraités ou morts…

— C'est bien mon problème.

— Je comprends…

Baron faisait d'une main un petit tas des photographies qu'il glissa dans sa poche.

— Une dernière chose, monsieur Caroyère. Un témoin dit avoir aperçu une Lamborghini jaune à la villa ce jour-là, vous savez à qui elle appartenait ?

— À Larson. Il aimait ça.

— Pas Chalo ?

— Non. Ils étaient très différents tous les deux, c'est sans doute pour cela qu'ils étaient aussi complémentaires sur le plan musical. Sous ses airs de *bad boy*, Chalo était un type plutôt discret et réservé, sur scène, il forçait sa nature.

— Larson, c'était autre chose ?

— Sexe, drogue et rock'n roll, Commissaire. Il le vivait à fond et il en est mort.

— Qui étaient les autres musiciens de Métal Birds ?

— Le batteur, Gérard Harmel. On utilisait aussi les services d'un saxophoniste, Mario… je ne me souviens pas, il suffirait de regarder sur les premiers albums.

Baron notait.

— Et là encore, plus de nouvelles ?

— J'aimerais vous aider mais je vous l'ai dit, Commissaire, le contrat qui me liait à Métal Birds a été rompu après la tournée de l'été 1979, nous nous sommes revus pour quelques concerts par la suite mais Chalo et Larson vivaient aux États-Unis, ils engageaient des musiciens locaux.

— Mario… Il s'est produit pendant le festival *Elixir*?

— Sûrement. *Rustical Rock* venait de sortir et il jouait dessus.

Cinq. Baron cerna le chiffre d'un trait de crayon. Cinq musiciens et leurs compagnes, plus Voisin, Caroyère… Une dizaine de personnes avaient séjourné dans la villa pendant le week-end. Voisin et Caroyère étaient rentrés à Paris le lundi. Les autres ?

XV

Malika Cergi se pencha vers le miroir, les yeux à demi fermés comme si elle lisait en elle-même. Sa peau avait des nuances de pain brûlé et ses cheveux, malgré la teinture oxygénée, gardait une couleur de miel sombre rapportée des Antilles, de Sainte-Rose où était née sa mère, tout près de Monplaisir, un nom qu'elle écoutait sonner comme une promesse de vie.

Elle s'observa. Elle se savait jolie et brune de partout, avec tout de même une légère carnation plus pâle sur le ventre, le long de l'aine, là où battait une veine bleutée, là où Brewal aimait poser sa tête en la regardant par en dessous.

Brewal, l'homme de la rade… Elle songea à ses propres parents, le Bigouden et l'Antillaise, l'eau et le feu, le soleil et la brume. Ces deux-là s'aimaient toujours, c'était donc possible à condition d'y être attentif…

Il y avait des chiures de mouches sur la glace, elle passa le revers d'une main lente pour tenter de les gommer, ne récolta qu'une intuition d'inutilité et laissa retomber son bras avec un soupir de lassitude. Elle devait y aller, elle était attendue par le commissaire Baron…

Elle remit de l'ordre dans les mèches qui couraient sur son front et gonfla sa poitrine d'un air un peu poisseux qui embaumait le désinfectant, avant de corriger un mauvais pli de son chemisier. Un dernier regard. Malika, fille des îles… Et Baron, fils de quoi ? Avec cet air courtois de ceux qui ne pensent à rien, cette nonchalance affectée de ceux que rien ne presse et pourtant, au fond du regard sombre, les clignotants permanents d'un fichier monumental incrusté dans les cellules grises. Que cherchait-il ?

Il devait l'attendre.

Elle s'engagea dans le couloir du pôle d'instruction et se dirigea vers son bureau dont elle avait laissé la porte ouverte.

— Commissaire…

Il était déjà là.

— Madame la juge.

Avec toujours cet air constamment décalé. De qui lui avait-il parlé l'autre soir ? Du comte d'Anterroches. Qui donc pouvait se souvenir encore du comte d'Anterroches ? À part évidemment le commissaire Baron, Nazer de son prénom. Baron Nazer. Il avait une tête à s'amuser du malentendu de temps en temps…

— Asseyez-vous.

Elle agrandit au passage l'ouverture de la fenêtre, espérant un souffle d'air depuis la rue de Denver, et prit soin de déplacer légèrement son siège pour se trouver dans le couloir d'une éventuelle brise.

— J'ai contacté le substitut de Bobigny, commença-t-elle en déposant son sac à main dans le fond d'un tiroir, les secours ont été alertés par Charles Boulher vendredi à seize heures, il n'y avait plus rien à faire.

— Comment ça s'est passé ?

— Éliane s'était enfermée dans sa chambre et ne lui répondait plus, il a défoncé la porte. Il l'a trouvée accrochée à une poutre.

Elle écarta des mains impuissantes.

— Elle venait de se tuer… Et vous n'êtes pas responsable, Commissaire.

Il opina, pas convaincu.

— J'ai du mal à comprendre.

— C'est souvent le cas, non ? opina-t-elle avec compassion. Le suicide reste fréquemment un mystère… Et vous l'avez dit, elle s'était murée dans un monde irréel auquel personne n'avait accès.

— J'aurais peut-être pu…

— Non, dites-vous que c'est juste une raison de plus pour aller jusqu'au bout. Vous avez vu Blandine Voisin ?

Il sortit les clichés de sa poche, sélectionna celui montrant Daniel Chalo en compagnie de Céline.

— Cette photo a été prise le 4 juin, dit-il, un mois et demi avant le rapt. C'est bien Céline.

— Donc ils se connaissaient…

— Je dirais même qu'ils se connaissaient parfaitement.

Malika Cergi prit tout son temps pour détailler l'instantané, qu'elle reposa ensuite délicatement.

— Je suis de votre avis, acquiesça-t-elle. Elle fait beaucoup plus que son âge… C'était donc Chalo.

— Et il ne l'a pas enlevée, madame la Juge, le regard qu'il lui porte n'est pas un regard de colère.

— C'est elle qui voulait disparaître. Avec lui !

Elle se frotta la joue au ralenti.

— Seulement il s'est passé un imprévu dans la villa…

Il pointa un doigt sur le cliché suivant.

— Cette femme, la brune… Celle sur laquelle Caroyère avait tiqué parce qu'il ne se souvenait plus vraiment.

— Il l'a reconnue ?

— Elle était la compagne de Larson à l'époque, il est absolument certain qu'elle se trouvait à Irvillac pendant le concert, il la revoit dans le *backstage* avec Voisin.

— Il sait qui elle est ?

— Une actrice de films X dans les années soixante-dix, qui se faisait appeler Abella Dark.

— Madame Larson ?

— Non, il la connaît, il était au mariage.

— Madrand va s'en occuper.

L'index bougea.

— L'autre pourrait avoir été la compagne du bassiste de Métal Birds, Raphaël Gautheron, originaire de la région de Besançon. Il y avait également le batteur, Gérard Harmel, et un saxophoniste, Mario quelque chose… Tous ces gens-là séjournaient dans la villa pendant le week-end du festival.

— Mais Caroyère est parti le lundi, releva la magistrate, il ne sait donc pas qui y était encore le mercredi.

— La Lamborghini jaune appartenait à Larson, Tanneau l'y a vue le mercredi.

Baron se tut, dérangé par le téléphone que décrocha Malika Cergi.

— Oui, Capitaine…

Il attendit avec une impatience mélangée de scepticisme. Ils arrivaient trop tard, beaucoup trop tard. Raphaël Gautheron ne se souviendrait de rien, ou alors du concert seulement, et de son séjour à la villa où il n'avait pas dû rester après la fin du festival. À condition encore qu'il vive toujours ! Harmel non plus ne leur apprendrait rien, le secret n'aurait pas résisté si longtemps à une armée de témoins.

Rempat, Larson, Chalo. Ces trois-là y étaient et deux des trois étaient morts. Il ne restait que Chalo, devenu Duncan Crawley et caché quelque part dans l'immensité de cinquante états américains qui n'extradaient pas leurs ressortissants. Échec et mat.

Demeurait Abella Dark, parce qu'il existait une chance minuscule qu'elle soit restée au côté de Larson après le départ du groupe. Elle était encore là le mercredi, il s'en persuadait. Un espoir bien ténu. Il devait absolument mettre la main sur Abella Dark.

— Le capitaine Madrand est en route.

Baron se débarrassa du limon de ses réflexions.

— Il a du nouveau ?

— L'opérateur a transmis les relevés d'Edwige Colot.

— Et alors ?

— Rien de concluant. Voulez-vous un café ?

Il accepta mollement. Rien de concluant. Il aurait pourtant parié sa chemise qu'Edwige Colot attendait son appel et peut-être sa visite, quelqu'un l'avait prévenue. Ou alors elle se fichait royalement de ce qui avait pu arriver à Céline Boulher, le temps avait fait son œuvre et ce n'était plus du tout son problème.

Il se dressa dans son fauteuil, marcha jusqu'à la fenêtre pour expulser les démangeaisons de ses membres et se perdit dans la contemplation de la circulation, avec un air si revêche qu'on pouvait croire qu'il s'était mis à compter les voitures.

— Tenez.

Il prit le gobelet.

— Rien de concluant, Commissaire, enchaîna Malika Cergi en posant sa tasse sur le coin du bureau sans reprendre sa place, mais des appels cependant qui l'intriguent. Des appels vers l'étranger.

— Les USA ?

Elle se décidait à franchir quelques pas dans la pièce, comme incertaine de ce qu'elle devait faire.

— L'Irlande.

Elle se retourna pour le regarder.

— Rien de concluant, vous voyez…

*

Madrand était en civil, en veste de sport sur une chemise à col ouvert. Une allure de pêcheur endimanché avec son crâne déplumé et ses joues rondes. Ainsi il paraissait différent de l'image que Baron avait conservée de lui dans la crique de Locméven, son visage portait plusieurs cicatrices, les empreintes d'un homme qui se rase au sabre ébréché ou celles d'un anthropopithèque que la vie avait décapé à la toile émeri. Baron, d'humeur désagréable, opta pour la seconde formule. Les yeux du capitaine restaient lointains, comme indifférents. Ses rondeurs avaient l'avantage de gommer le pli amer de ses lèvres minces. Il portait une serviette de cuir dont il pressa la fermeture à poussoir pour retirer la copie des fadettes.

— Voilà, décréta-t-il en agitant la tête de haut en bas.

Et ainsi il ressemblait à un ange de crèche, de ceux qui remercient avec ce balancement mécanique quand tombe une pièce de monnaie dans la tirelire qui fait office de socle. Pourtant ils n'y avaient rien mis.

— Comme je vous l'ai dit, madame la Juge, nous avons remonté les appels des huit derniers jours sur la ligne fixe et le téléphone portable. Il n'y a rien de particulièrement notable, rien en provenance du couple Boulher, seulement des contacts avec la famille ou les amis…

Il eut un geste vague écartant les sujets futiles.

— En dehors quand même d'un numéro qui revient plusieurs fois.

Il fit basculer les papiers pour les placer face au regard de Malika Cergi.

— Ce sont les horaires qui nous ont intrigués. Le premier, regardez… reçu mercredi à 16 heures 12… À cette heure-là, Commissaire, vous vous trouviez en compagnie de Charles Boulher dans un bar d'Aulnay-sous-Bois.

Baron opina en écartant les bras. Un bar de l'avenue Dumont. Il s'était contenté d'un demi… C'était après qu'il s'était laissé aller, après les deux Glenfarclas offerts par Caroyère. Ce n'était de toute façon pas les Boulher qui avaient appelé depuis l'Irlande, ni Paul Caroyère.

— Une communication isolée, nous n'y aurions sans doute pas fait attention, admit honnêtement

Madrand, seulement Edwige Colot a rappelé ce numéro un peu après dix-neuf heures trente, elle venait de recevoir un appel de ce portable… Le vôtre ?

Baron opina de nouveau après avoir vérifié. Il sortait de chez Caroyère, le temps d'obtenir l'indicatif par les renseignements et il avait contacté Edwige aussitôt, depuis le trottoir devant l'immeuble du producteur.

— Puis de nouveau le lendemain matin, montra Madrand d'un index à l'ongle rongé, voyez l'heure… Je suppose que vous veniez de la quitter.

Baron eut un geste de la main signifiant « continuez… » Ses yeux sombres fixaient son interlocuteur sans aucune expression d'intérêt ou de crainte. Des yeux qui regardaient à l'intérieur… Il n'aimait pas trop voir ses faits et gestes décortiqués ainsi. Il se contenta de grogner une vague approbation.

L'horaire correspondait, même si Baron n'y avait pas été particulièrement attentif. Le chauffeur de taxi au physique de bovin de l'Aubrac l'avait déposé à Versailles alors que le soleil commençait à caresser les toits, il s'était attardé quelques dizaines de minutes en compagnie d'Edwige Colot. Oui, ça pouvait coller. Il était parti et elle avait téléphoné aussitôt.

— Celle-là, je l'ai reçue ce matin, précisa Madrand.

Celle-là, c'était une dernière ligne hachurée à la date de la veille, Edwige avait rappelé l'Irlande le dimanche en fin de matinée, la conversation avait cette fois duré longtemps, près d'une heure.

— Travail intéressant, Capitaine, approuva Malika Cergi.

Elle inclina la tête, peut-être un peu trop théâtrale, Madrand n'en demandait pas plus. Et c'était vrai qu'il avait bien œuvré…

— Reste à obtenir l'identité du correspondant.

— C'est fait.

Il riait gentiment avec un regard en coin en replongeant la main dans sa serviette de cuir.

— Vous vous souvenez de Julien Laussouarn, madame la Juge, le jeune brestois qui avait pris le ferry pour Cork et qui n'est jamais rentré, en mai dernier ?

— Je me souviens.

— Il s'était noyé à Barley Cove. J'y suis allé à l'époque, pour assister la Garda.

Il sortait un carnet de notes dont il présenta la dernière page.

— L'enquête était diligentée par Ryan O'Paddy, il est inspecteur à la division du Munster, nous sommes restés en contact, je l'ai appelé.

Il avait l'air attachant d'un cocker rabroué. Curieux homme.

— La ligne est au nom d'une certaine Allison Drake, dit-il, elle habite Dingle, dans le comté de Kerry.

— Ils la connaissent ?

— O'Paddy est prêt à creuser un peu si je le lui demande.

Malika Cergi s'était appuyée des épaules contre le dossier de son fauteuil de bureau, bras ballants de part et d'autre des accoudoirs, dans une attitude relâchée qui lui creusait la poitrine. Elle réfléchissait et Baron profitait de ce silence pour chercher un lien en évitant de la regarder.

Le premier appel était venu d'Irlande, ce n'était pas Edwige Colot qui avait pris l'initiative de l'échange, Allison Drake n'était peut-être qu'une relation amicale à laquelle Edwige avait envie de se confier. Elle l'avait appelée après qu'ils aient pris rendez-vous, puis de nouveau le lendemain pour lui raconter l'entrevue… Il pouvait toujours interroger Edwige, qui de son côté pouvait continuer de mentir…

Malika parvenait à la même conclusion, elle se redressa et poussa en direction de Madrand l'un des clichés restés sur le bureau.

— Dans les années soixante-dix, dit-elle, cette femme se faisait appeler Abella Dark, un nom de scène pour une actrice dans des productions pornos, mais elle était la compagne de Larson qu'elle escortait au festival d'Irvillac.

— Abella Dark ? releva l'officier. AD. Comme Allison Drake…

— J'ai noté, Capitaine, opina la magistrate, ce n'est peut-être pas un hasard…

Elle envisageait quelques décisions à prendre, tout n'était peut-être pas si compliqué.

— Abella Dark n'est sûrement pas son vrai nom, il est parfaitement possible qu'elle soit irlandaise. Il faudrait savoir ce qu'elle est devenue.

— Sélection de je ne sais quel prix pour *Candidate aux érections municipales*, précisa Baron d'un ton qu'il espérait digne. Si ça intéresse quelqu'un…

Il ne souhaitait livrer qu'une indication, une piste à suivre. Madrand réprima un sourire, se demandant si c'était sérieux. Ça l'était. Il pouvait commencer par chercher dans cette direction.

— Il faudrait également retrouver Raphaël Gautheron et Gérard Harmel, prescrivit Malika Cergi en ignorant l'intervention, ils étaient bassiste et batteur de Métal Birds, ils séjournaient dans la villa ce week-end-là. Nous savons juste que Gautheron est originaire de la région de Besançon. Tous ces gens doivent avoir une soixantaine d'années aujourd'hui.

— Entendu, madame la Juge, opina le gendarme, je laisse O'Paddy de côté pour l'instant.

— Pas nécessairement, Capitaine. J'y songe…

Elle secoua une tête indécise avant de formuler son commentaire :

— Si Allison Drake est Abella Dark, il le découvrira peut-être plus vite que nous. Nous pouvons avoir besoin de lui…

*

Les mains dans les poches, le commissaire arpentait la terrasse en observant de temps à autre les éclairs bondissants du soleil sur la surface paisible de l'océan. Un drap avait été tendu le long de la fosse creusée dans le massif, la tombe n'avait pas été rebouchée et Baron en restait à distance respectueuse, un peu comme si ce trou percé dans le jardin l'impressionnait. Il tourna sur lui-même. La terrasse était bordée de géraniums sanglants, la piscine cernée d'une mosaïque aux dessins de style arabo-andalou, à dominante de bleu. Le terrain, au-delà, s'enfuyait en pente douce jusqu'à la mer qui brillait de mille feux au pied de la falaise herbeuse fermant la crique de Porsmoguer.

Il revint vers le bâtiment, franchit le seuil de la baie vitrée derrière laquelle attendait madame Palvic. Il ne savait pas pourquoi il était venu, les Costec chez qui il s'était arrêté avaient été incapables de lui indiquer quelles chambres occupaient les uns et les autres autrefois. Celle du maître des lieux se situait au rez-de-chaussée, il était le seul à l'occuper, les invités séjournaient à l'étage, répartis dans six chambres équipées chacune d'une salle d'eau. Onze pièces plus les communs et un double garage.

— Vous permettez que je monte ?

— Venez…

Il la suivit dans l'escalier en imitation marbre, déboucha sur la mezzanine ouverte sur le salon qu'ils venaient de quitter, au centre de la maison. Billard américain.

— C'est vous qui l'avez installé ?

— Non, nous avons racheté une partie des meubles, les héritiers Voisin ne savaient pas qu'en faire, c'était déjà décoré de cette manière.

À l'aide de plusieurs tableaux en bois sculpté, de style pub anglais. Un porte-queues mural, deux fauteuils Chesterfield, une table bar, un luminaire en laiton massif à trois globes…

Le couloir des chambres s'ouvrait de part et d'autre.

— Vous avez conservé toutes les chambres ?

— Non, répéta madame Palvic, c'était beaucoup trop grand. Il y a une bibliothèque maintenant, et une salle de gymnastique. Nous n'avons que deux enfants.

— Ils ne vivent plus ici ?

— Ils sont étudiants.

Baron contourna le billard pour s'agripper à la rambarde de fer forgé. Il voyait l'océan par une large ouverture creusée à hauteur de l'étage. En se baissant un peu, il apercevait l'angle de la piscine par les baies vitrées du rez-de-chaussée.

— Où sont les pièces que vous avez conservées en l'état ?

— Par là. Deux chambres d'amis, ça nous permet de recevoir sans aucun problème.

Sur l'aile gauche du bâtiment, l'autre devait être réservée aux enfants. En bout de couloir, de part et d'autre. Baron poussa une porte et s'avança sur le parquet. Chambre verte, il était certain que c'était ainsi qu'on les appelait, par la couleur dominante de la décoration.

Certains disent que les murs peuvent parler, qu'ils racontent leur histoire et celle de ceux qui sont venus entre eux. Baron tendit l'oreille mais les murs restèrent muets, de beaux murs fraîchement retapissés qui n'avaient rien à dire.

Céline, il y a trente-cinq ans… interrogeait Baron. Elle est venue ici, ici ou dans la pièce voisine, dans cette maison en tout cas, et il s'est passé quelque chose… Le 18 juillet, un mercredi, il faisait très chaud… Elle est arrivée vers treize heures, peut-être treize heures trente, alors qu'on la cherchait ailleurs… Elle avait retrouvé Daniel Chalo, Dany Cat, et son copain Larson, le *guitar hero* de Métal Birds, et Anthony Rempat… D'autres peut-être, la starlette des films pornos, qui encore ? Qu'avaient fait tous ces gens-là ?

— Merci… dit-il en sortant. J'avais besoin de voir les lieux.

— Vous voulez visiter le reste ?

À quoi bon puisque les murs avaient décidé de ne pas témoigner…

— Je ne vous dérange pas plus longtemps, madame Palvic. Bonne soirée.

Il lui serra la main sur le pas de la porte et remonta en voiture. Il ne l'avait pas trouvée en grande forme, l'histoire devait la travailler.

XVI

Mardi… D'une main sûre, le docteur Solange Galiet poussa la porte de la salle d'autopsie et s'avança jusqu'à la table où avaient été disposés les restes du corps, retiré six jours auparavant des entrailles du parc du *Hangar à bateaux*. Le squelette plutôt, parce qu'il n'en restait plus que des os, qu'elle avait soigneusement placé en position anatomique avant de le recouvrir d'un drap, en attendant de disposer du temps nécessaire à l'examen. Elle avait cru comprendre que dans cette affaire, il n'y avait pas urgence…

De ses mains gantées de latex, elle pinça les angles supérieurs du tissu, tira doucement en le soulevant et prit soin ensuite de replier l'étoffe qu'elle déposa sur la table de dissection.

Elle observa le cadavre.

L'affaire sortait du lot. Un corps découvert trente-cinq ans après le décès n'exigeait pas les mêmes attentions. Solange Galiet prit tout son temps pour dresser l'inventaire. Hormis le traumatisme au crâne repéré lors de la mise en place, elle n'observait pour l'instant aucune pathologie ou trait particulier reflétant une quelconque lésion dont aurait pu souffrir l'individu. Un squelette complet sans caractéristiques notables…

Elle passa à la première phase de son expertise, la détermination du profil biologique. Fille ou garçon ? Sa tête coiffée d'une charlotte se pencha sur les os du bassin.

Elle avait le temps. Elle était seule dans la pièce. Il n'y aurait pas d'incision, pas de découpe ou de trépanation, pas de pesée des viscères, donc pas de nécessité d'être accompagnée par un OPJ photographiant chaque étape, étiquetant les scellés et prenant les notes nécessaires à la rédaction de son procès-verbal d'assistance. Elle n'avait prévenu personne.

Il s'agissait d'une fille, s'il fallait en croire les enquêteurs. Solange Galiet prit des mesures, s'intéressa ensuite aux dimensions du crâne, admit finalement comme vraisemblable l'opinion émise par les gendarmes. Le squelette était bien celui d'une femme.

De quel âge ? Les bras croisés, le docteur Solange Galiet se laissa porter en avant, s'appuyant des cuisses contre l'angle de la table d'autopsie. Si la détermination du sexe répondait à des marqueurs méthodologiques fiables, il en allait différemment de l'âge, la sénescence étant un phénomène biologique extrêmement variable d'un individu à l'autre. Elle ne serait en mesure que de communiquer une fourchette…

Elle se courba. La symphyse pubienne, intéressante du fait de sa maturation tardive… Elle avait affaire à un sujet jeune. Elle s'intéressa aux sutures crâniennes qui le lui confirmèrent. Individu de moins de trente ans... Pas de signes de dégénérescence... Un peu moins que la trentaine même, estima Solange Galiet au terme de son examen. Créature adulte, entre dix-huit et vingt-cinq ans, jugea-t-elle. Les enquêteurs parlaient de seize, l'écart était mince, l'âge biologique peut s'avérer extrêmement variable entre sujets adultes d'une même population...

Le lieu où avait été découvert le corps, les conditions de sa disparition trente-cinq ans auparavant, étaient autant d'éléments dont il convenait de tenir compte...

Individu de sexe féminin, de type européen, âgé de seize à vingt-cinq ans, détermina finalement Solange Galiet. Elle confirmait ainsi les conclusions de l'enquête. Elle mesura le sujet, nota 1m59, et sortit de la pièce. Deux bonnes heures s'étaient écoulées, elle avait envie d'une cigarette avant de passer à la seconde phase de son examen, l'analyse du traumatisme crânien qui allait peut-être lui permettre de déterminer les causes du décès. Elle entra dans son bureau, une modeste pièce équipée d'un meuble arrondi sur lequel trônait l'ordinateur, ouvrit la fenêtre et consomma sa Benson en ne pensant à rien.

*

Il n'avait pas été difficile de retrouver Raphaël Gautheron. À soixante ans passés, l'ancien bassiste de Métal Birds se produisait toujours dans des clubs de jazz, au sein d'une formation professionnelle qui lui permettait de boucler ses fins de mois sans trop d'inquiétude sur l'avenir. Il vivait à Étampes où il dispensait également des cours pour une association qu'il avait créée, *Contrebasse&Co*, et partageait son temps entre l'enseignement et les concerts dans de petites salles franciliennes et lors des festivals, pendant la saison. Il avait suffi de taper son nom sur un moteur de recherche.

La période Métal Birds était très loin pour lui, il avait tourné la page et évolué, quitté l'univers du *heavy metal* pour s'orienter vers les standards du swing où il se sentait plus à l'aise. *Rustical Rock* avait été son dernier enregistrement avec Chalo et Larson, il avait quitté le groupe à la fin de l'année 1979, en fait à un moment où la formation avait pratiquement éclaté, parce qu'il avait refusé de suivre les deux leaders historiques de Métal Birds jusqu'aux États-Unis. L'expérience ne l'intéressait pas.

— Vous vous souvenez du festival *Elixir* à Irvillac, en juillet ? s'inquiéta l'enquêteur qui appelait.

Il s'en souvenait, la première partie de John Martyn…

— Vous étiez logé à la villa de Nicolas Voisin ?

De ça aussi, il se souvenait. Le gendarme qui l'interrogeait par téléphone nota la spontanéité de ses réponses. Raphaël Gautheron avait séjourné plusieurs fois au *Hangar à bateaux*, il se remémorait très bien ce week-end-là, il était avec sa compagne qui était ensuite devenue sa femme, ils avaient quitté la région en fin de matinée le dimanche.

— Qui était avec vous ?

Voisin bien sûr, qui était retourné au festival le lendemain avec Caroyère… Les autres musiciens de Métal Birds, une ou deux filles…

— Vous vous rappelez d'elles ?

— D'une au moins. Elle était avec Larson, une actrice de films pornos.

— Et son nom ?

— Je ne sais plus.

— Abella Dark ?

— C'est ça. Mais c'était un pseudo…

— Et son vrai nom ?

Il ne l'avait jamais su. Il n'avait pas gardé le contact ensuite, en dehors de quelques rencontres épisodiques avec le batteur, Gérard Harmel, qui n'avait tenté l'expérience californienne que durant un mois ou deux avant de revenir et de tout laisser tomber.

— Vous savez ce qu'il est devenu ?

— Non… Il est venu m'écouter un soir à Paris, il y a dix ans de ça. On ne s'est pas revus depuis. Il bossait dans une banque. La musique, c'était de l'histoire ancienne…

— Et le soir d'Irvillac, après le concert, il s'est passé quelque chose ?

Raphaël Gautheron n'en avait pas le souvenir. Le groupe était rentré à la villa, il se rappelait s'être baigné dans la piscine avant de monter se coucher, les autres faisaient la fête.

— Et le lendemain matin ?

— Je partais. J'ai croisé Voisin et Caroyère qui s'apprêtaient à retourner sur le site du festival, Larson dormait encore sur le canapé… Je n'ai pas vu les autres.

— Vous les avez retrouvés quand ?

— Le samedi suivant je crois, à Royan ou peut-être à La Rochelle. Pourquoi vous me demandez tout ça ?

— On cherche quelqu'un, biaisa le gendarme.

*

Il n'était pas loin de treize heures lorsque Baron retrouva le trottoir de Guipavas illuminé par le soleil. Quelqu'un devait être en train de faire brûler du bric-à-brac dans un jardin, il devinait une odeur de fumée. Peut-être était-ce du bois sec, il discernait un vague crépitement qui le reporta quelques jours en arrière, devant la cheminée, tard…

L'automne approchait à pas prudents, laissant à son prédécesseur le temps de s'effacer en douceur, des nuages filandreux moutonnaient au-dessus de la rade, il faisait doux.

Baron marcha jusqu'à sa voiture, conscient d'avoir ajouté un maillon à une chaîne dont il guettait toujours l'extrémité. Blandine Voisin l'avait laissé fouiner dans les archives photographiques qu'elle conservait, il avait trouvé ce qu'il cherchait, un seul cliché qui lui avait suffi, un dernier instantané pris après le concert au Pavillon de Paris, pendant la réception. Trente-cinq années plus tard, Edwige Colot restait parfaitement identifiable derrière la table nappée où elle officiait pour le compte d'Anthony Rempat. Elle était donc présente ce soir-là, elle connaissait Abella Dark.

Baron déverrouilla sa portière à l'instant où sonnait son téléphone. Malika Cergi appelait pour le convier à une réunion en tout début d'après-midi. Les hommes de la « cellule Céline » avaient identifié Abella Dark.

*

Le docteur Solange Galiet se redressa après avoir longuement examiné les fractures de l'os crânien et plaça ses bras de part et d'autre du squelette allongé devant elle, le considérant dans toute sa longueur, en essayant de deviner ce qui avait bien pu se passer. Elle avait terminé son expertise.

Cette femme était incontestablement décédée d'un choc violent ayant entraîné l'éclatement de la boîte crânienne, mais en dehors de ce que venait de relever le légiste, le corps ne présentait strictement aucune marque de lésion ou de traumatisme.

Solange Galiet s'éloigna de la table et commença à se défaire pensivement de sa blouse bleue. Le magistrat instructeur attendait ses conclusions mais elle avait faim. Il lui restait une dernière démarche à effectuer avant d'envisager la rédaction de son pré-rapport, confirmer l'identification par comparaison avec le dossier médical ante-mortem du sujet.

Elle ôta les chaussons de plastique qui couvraient ses bottillons, les jeta dans une corbeille et repassa dans son bureau.

Elle devait faire son boulot à fond et acquérir une certitude, dans un sens ou dans un autre. Blanche, noire… ou grise. Une certitude pouvait être grise, lorsque les circonstances ne permettaient pas de trancher, ou lorsque la raison imposait de conserver une part de doute. Il y avait alors certitude qu'il subsistait un doute.

Ce doute en l'occurrence n'existait pas dans l'esprit de Solange Galiet, l'enterrée de Ploumoguer était bien décédée d'un éclatement de la boîte crânienne. Restait donc à confirmer l'identification.

Ce dossier dormait quelque part aux archives, il avait servi à l'un de ses prédécesseurs en 1986, lorsqu'avait été découvert dans une crique de Saint Renan le corps d'une plaisancière disparue au large des Glénan quatre ans plus tôt. Les enquêteurs avaient un temps imaginé qu'il pouvait s'agir des restes de Céline Boulher.

Elle décrocha son téléphone pour demander que le dossier lui soit apporté, puis elle prit son sac, vérifia d'un coup d'œil qu'elle y avait bien replacé son paquet de cigarettes et quitta l'institut médico-légal pour aller déjeuner.

*

Une nouvelle fois, le commissaire Baron compulsa les procès-verbaux que Malika Cergi avait déposés devant lui avant de s'absenter sur un bref mot d'excuse. Une urgence… Il avait eu un geste de compréhension à son attention, lui non plus ne faisait pas toujours ce qu'il avait envie de faire, encore que… Avec l'âge, il avait appris à relativiser, l'urgence n'était pas toujours l'important mais trop souvent l'expression simpliste de l'impatience déplacée d'un supérieur hiérarchique. Il n'aimait pas trop la hiérarchie. Et pour l'instant il se retrouvait seul, le capitaine Madrand de son côté ayant également prétexté une urgence pour justifier son retard…

Baron en profitait pour feuilleter les rapports. L'évidence était là, consignée par des mots, des formules et des abréviations dont il traduisait le sens : l'enquête progressait et son instinct lui disait qu'ils touchaient au but.

Seule Abella Dark manquait à l'appel, son nom n'apparaissait nulle part dans les procès-verbaux parce que Madrand s'en était réservé l'exclusivité et qu'il traînait un peu à la faire partager. Sous ses airs de pêcheur endimanché et son crâne déplumé par le grand vent, le capitaine dissimulait en réalité un caractère légèrement cachottier dont Baron, en d'autres circonstances, se serait sérieusement exaspéré. Mais Abella Dark avait été identifiée, Malika Cergi le lui avait confirmé d'un ton qui n'annonçait pas la fin de leurs investigations, au contraire...

Baron attendait donc patiemment. Il reposa la transcription de l'entretien téléphonique avec Raphaël Gautheron qu'il venait de relire, et se massa pensivement le menton. Un rapport de synthèse avait été rédigé, récapitulant les différentes allées et venues au *Hangar à bateaux*, du vendredi jour d'arrivée de Nicolas Voisin, au mercredi suivant, jour de la disparition de Céline. Ils commençaient à avoir une idée précise de ce qui s'était passé.

La sueur perlait au front du commissaire. Il s'était pressé pour ne pas être en retard et avait à peine avalé un plat du jour dans une petite brasserie de la place de Strasbourg, avant de se précipiter dans ce bureau mal aéré, où la chaleur se révélait finalement suffocante. Il avait soif. Il se leva, agacé, et alla ouvrir la fenêtre, laissant entrer les bruits montant de la rue de Denver.

Une autre synthèse méritait d'être transposée, celle des rapports entretenus à l'époque par les protagonistes. Caroyère utilisait les services de Rempat, qui lui-même faisait épisodiquement appel à Jean-Louis Tanneau, et employait parfois Edwige Colot et Céline Boulher pour des extras, dans des réceptions auxquelles participaient Voisin et les musiciens de Métal Birds, accompagnés de leurs égéries du moment, actrice porno ou non. Tout le monde se connaissait.

S'il fallait en croire les relevés de l'opérateur téléphonique, Edwige Colot semblait bien avoir rapporté scrupuleusement les évolutions de l'enquête à une certaine Allison Drake, inconnue jusqu'alors. Allison Drake - Abella Dark. Le rapport s'imposait.

Un dernier détail chagrinait pourtant Baron, ce n'était pas Edwige Colot qui avait appelé Allison Drake la première, mais l'inverse, à une heure où Edwige Colot ignorait encore que l'enquête avait été relancée et le corps de Céline découvert au *Hangar à bateaux*. Or il n'en démordait pas, Edwige s'attendait à être contactée lorsqu'il lui avait téléphoné. Quelqu'un l'avait prévenue…

Une pensée fragmentaire cheminait tout doucement, prenait de l'ampleur, cherchait à s'imposer…

— Excusez-moi.

Il se retourna pour voir entrer Malika Cergi.

— Madrand arrive, dit-elle, il a du nouveau.

— Positif?

— Plutôt. Je lui laisse le soin de vous expliquer…

Elle se calait entre les bras d'un siège inconfortable, la mine soucieuse.

— Vous connaissez l'Irlande, Commissaire? s'inquiéta-t-elle au bout d'un long moment.

— J'y suis allé un certain nombre de fois, admit-il d'un ton volontairement désinvolte.

Il prit le soin de refermer la fenêtre, revint tranquillement vers sa place.

— Que se passe-t-il, madame la Juge?

— Abella Dark et Allison Drake sont bien la même personne, l'inspecteur O'Paddy est allé à Dingle ce matin.

— Il l'a rencontrée?

— Il s'est simplement renseigné. Madrand va nous en parler, il est en ligne avec O'Paddy, je crois qu'ils sont en train d'organiser votre voyage.

Elle se tourna vers lui, parut déçue du manque d'effet de son annonce et cessa de tripoter le bout aplati de son nez pour passer à autre chose :

— J'avais un message du parquet de Bobigny que je viens de rappeler.

Baron cette fois garda un silence attentif.

— Le permis d'inhumer n'a pas été délivré.

— Pour quelle raison ? s'étonna-t-il.

— Éliane Boulher présentait un hématome au sommet du crâne, antérieur à la mort par pendaison. Charles dit qu'elle était sujette à des pertes d'équilibre et qu'il lui arrivait de tomber, mais son médecin traitant ne confirme pas. Il n'infirme pas non plus d'ailleurs, il ne la voyait pas souvent… Il va y avoir autopsie.

— Où est Charles ?

— Pour l'instant, il est entendu en qualité de témoin.

— Soupçonné d'avoir frappé Éliane avant de la pendre à une poutre ?

— Vous l'en jugez capable ?

Baron dessina une moue des lèvres.

— À soixante-quinze ans passés… et pourquoi ?

— Il ne la supporte plus. Elle hurle. Colère… coup de folie… Il frappe. Il panique.

Un bruit de pas pressés résonnait dans le couloir, ils tournèrent ensemble la tête pour voir surgir le capitaine Madrand.

— Je vous prie de m'excuser, madame la Juge… Commissaire.

Il ahanait, le souffle raccourci par les marches grimpées quatre par quatre.

— Installez-vous, Capitaine, invita Malika Cergi. Et respirez…

— Merci.

Il se laissa tomber dans un siège.

— J'attendais une confirmation d'O'Paddy.

Les deux autres patientaient. Il déverrouilla la serrure à poussoir de sa serviette de cuir, étala le rabat sur la table mais ne sortit rien.

— Nous avons identifié Abella Dark, dit-il en expectorant un ultime halètement. De son vrai nom Agnès Doussin.

Baron marqua sa surprise :

— Elle est française ?

— Elle l'était, Commissaire, mais elle y a renoncé… Agnès Doussin est née à Limoges en mars 1955, elle a tourné son premier film en 1976 sous son nom d'artiste et a quitté l'Hexagone à la fin des années soixante-dix ou au tout début des années quatre-vingt pour les États-Unis, elle a obtenu la nationalité américaine en 1988. Exactement comme Chalo.

Il avait croisé les doigts, penché la tête, rentré le cou dans les épaules.

— Elle s'appelle depuis Allison Drake, termina-t-il. A D. Comme Agnès Doussin et Abella Dark.

— Et elle vit en Irlande, soliloqua Baron.

Madrand opina en se décidant à fouiller dans sa sacoche.

— O'Paddy est allé à Dingle ce matin, il m'a transmis ce fichier tout à l'heure. Allison Drake…

Le fichier était un cliché pris au téléobjectif, la focale écrasait les perspectives. La maison avait été construite à flanc de colline, un cottage traditionnel aux murs chaulés et aux volets bleus, précédée d'une terrasse dominant les eaux de la Dingle Bay.

— Le lieu-dit s'appelle Beebane, précisa Madrand. La femme que l'on voit est Allison Drake.

On ne distinguait pas ses traits, la photographie avait été prise de trop loin, mais on voyait nettement une femme d'âge mûr, en jean bleu clair et long t-shirt de couleur noire, penchée sur une table de jardin dont elle semblait nettoyer le plateau. Elle n'était pas seule, un homme lui tenait compagnie, beaucoup plus âgé qu'elle, un vieillard aux cheveux blancs dont l'attitude, engoncée entre les bras d'un fauteuil roulant, trahissait une immobilité quasi-totale. Lui aussi était en t-shirt, le nez chaussé de lunettes teintées, mais il avait bizarrement les jambes recouvertes d'un plaid.

— Qui est-ce ? s'inquiéta Baron.

— Son mari. Le couple s'est installé à Dingle il y a plus de vingt ans, en partageant son temps entre l'Irlande et les États-Unis. D'après O'Paddy, l'homme est à demi paralysé depuis quatre ans, à la suite d'un accident cérébral. Il ne marche plus, il parle à peine… Tenez.

Le grossissement déformait les traits de l'homme impotent sur le second cliché que tendait Madrand, il était impossible d'y reconnaître quelqu'un dans les taches de couleurs. Ce n'était qu'un fragment de l'instantané précédent et Baron se demanda quel était l'intérêt de cet agrandissement. Un vieillard infirme aux traits trop flous, dont on ne faisait que deviner la silhouette, la tête blanchie, le buste offert aux rayons du soleil, les bras maigres coupés par l'encre noire de tatouages…

De tatouages dont on distinguait tout de même le dessin, un dessin que Baron avait déjà vu.

Il releva les yeux.

— C'est… ?

Il n'osa pas aller plus loin.

— Exact, Commissaire, opina Madrand. Le vrai nom d'Allison Drake est Allison Drake-Crawley, depuis son mariage avec l'américain Duncan Crawley, l'homme que vous voyez là.

— Autrement dit Daniel Chalo, souffla Baron.

— C'est bien lui.

— Daniel Chalo, devenu Duncan Crawley, a épousé Agnès Doussin, alias Abella Dark, devenue Allison Drake ? Chalo a épousé l'ancienne copine de son complice Claude Larson au sein de Métal Birds ?

— La seule famille qui reste à Agnès Doussin est son frère, indiqua Madrand, Jean-Marc, qui vit toujours à Limoges. Nous l'avons retrouvé, il confirme que sa sœur a conservé un contact épisodique durant quelques années depuis les États-Unis, elle adressait des petits mots à leur mère, et puis un jour elle a annoncé qu'elle venait de se marier et elle a cessé d'écrire.

— Elle n'est jamais revenue ?

— Il ne l'a jamais revue depuis son départ pour l'Amérique, il n'a jamais cherché non plus. Les relations étaient déjà distendues. La famille Doussin n'appréciait pas forcément les prestations cinématographiques d'Abella Dark. Il ignorait totalement que sa sœur vivait en Irlande.

Baron reprit le premier instantané transmis par O'Paddy et s'absorba dans la contemplation du couple, l'ex-rock star en fauteuil roulant et l'ancienne actrice porno à la silhouette désormais empâtée, aux mèches grises tirées en queue-de-cheval sur la nuque.

— Vous êtes-vous arrangé avec l'inspecteur O'Paddy ? intervint Malika Cergi.

Baron releva les yeux.

— Ryan O'Paddy sera demain à l'aéroport de Cork, assura le capitaine. Il vous attendra, Commissaire…

*

Erreur… Le docteur Solange Galiet se laissa aller contre le dossier de son fauteuil de bureau en passant une paume délassante sur son visage tiré. Erreur, crénom… À quel niveau ?

La gamine avait subi une chute terrible, un roulé-boulé sur le béton dont elle ne s'était pas relevée sans séquelles. Double fracture du tibia, côtes enfoncées, pommettes arrachées. Le certificat initial listait deux ou trois autres traumatismes de moindre importance. Un accident dont la victime aurait parfaitement pu ne pas sortir vivante.

Du bout des doigts, Solange Galiet se mit à tapoter sa joue droite préalablement gonflée, laissant l'air s'échapper par petits jets au coin de ses lèvres serrées. Elle réfléchissait.

Il y avait erreur, sans aucun doute. Le dossier pouvait ne pas être le bon… Elle décortiqua l'hypothèse avant de la rejeter. Il y avait des noms, des dates… Tout ne pouvait pas être faux.

Il ne restait que l'inversion, soit la gamine avait été enregistrée et soignée sous l'identité de quelqu'un d'autre, et le dossier bien sûr ne correspondait pas à ce quelqu'un d'autre, soit ce n'était pas la gamine fracturée de partout que le docteur Galiet venait d'examiner. Et dans ce cas, qui était-elle ?

La praticienne reprit ses notes et buta sur une nouvelle incohérence. Soixante-sept. Huit centimètres d'écart, c'était beaucoup. Elle devait se rendre à l'évidence, elle se trouvait bien confrontée à une certitude grise, la certitude qu'il existait un doute.

L'expertise ne permettait pas de confirmer l'identité de la victime, bien au contraire.

*

— Commissaire ?

Baron avait décroché en identifiant le nom de Malika Cergi sur l'écran, les haut-parleurs du Bluetooth rendaient le son de sa voix légèrement métallique.

— Je vous entends, dit-il.

Il ralentit. Il n'était pas pressé. Il disposait de sa matinée du lendemain pour rejoindre Roissy Charles de Gaulle, d'où le plus simple pour gagner l'ouest de l'Irlande était d'emprunter un vol d'Aer Lingus qui le déposerait à Cork à quinze heures quinze, ce qu'avait escompté le capitaine Madrand.

— Je viens d'avoir le docteur Galiet au téléphone, la légiste… crachota la voix dans les baffles. Vous saviez que Céline Boulher avait été victime d'une chute grave à l'âge de quinze ans ?

— Chute de quoi ?

— Elle a basculé par la fenêtre de l'étage, à Aulnay, elle s'est reçue sur la dalle de béton. Double fracture du tibia-péroné, côtes enfoncées et je ne sais quoi encore… Elle a été arrêtée plusieurs mois.

Personne ne lui avait parlé de ça, ni Céline à l'époque, ni Charles depuis.

— Comment a-t-elle fait son compte ?

— Elle aurait glissé, elle ne s'expliquait pas très bien…

Un semi-remorque lançait ses phares derrière, gêné par Baron qui ralentissait trop. Il alourdit son pied sur la pédale, creusa la distance.

— Et alors ? s'informa-t-il ensuite.

— Il y a des radios dans le dossier médical, elles avaient déjà servi en 1986, quand il a fallu identifier la noyée retrouvée dans une crique près de Saint Renan.

— Je me souviens.

— Le docteur Galiet s'en est de nouveau servie pour confirmer ses conclusions, le corps qu'elle a examiné ne porte strictement aucune marque d'intervention.

— C'est-à-dire ?

— Les fractures avaient été réduites par ostéosynthèse, une plaque vissée et des fixateurs, il devrait rester des traces de l'opération, il n'y en a pas.

L'écart avec le semi-remorque se resserrait de nouveau, mais cette fois Baron visa une borne d'appel d'urgence près de laquelle il stoppa, collé à la glissière.

— Ça signifie quoi ? enchaîna-t-il.

Il le savait déjà, c'était au reste qu'il réfléchissait, à tout ce que ce mensonge-là pouvait impliquer, à tout ce qu'il ne voulait pas voir et qu'il soupçonnait pourtant, à cette pensée fragmentaire qui avait pris de l'ampleur au point de s'imposer comme une évidence.

— Une seule chose, Commissaire.

Elle marqua une pause comme quelqu'un qui hésite avant de prononcer des mots définitifs.

— Le cadavre retrouvé dans les massifs du *Hangar à bateaux* n'est pas celui de Céline Boulher.

Baron sentait un frisson sous son crâne.

— Il mesure d'ailleurs huit centimètres de moins que la taille indiquée dans le dossier ante-mortem.

La sueur coulait le long de son dos. Il savait sans savoir. Si… Il savait bien sûr.

— Qui est-ce, alors ?

— Une femme, jeune, entre quinze et vingt-cinq ans, décédée sans l'ombre d'un doute d'une fracture crânienne.

— Vous pensez quoi, madame la Juge ?

Il coupa son moteur pour mieux entendre.

— Vous croyez qu'il pourrait y avoir eu plusieurs victimes ? Ou que l'on a eu tort de limiter les fouilles à un seul massif ?

— Je me figurais plutôt le comte d'Anterroches, Commissaire, prononça-t-elle de son timbre trop métallique. L'illusion des apparences…

Baron regarda autour de lui, le soleil balançait des grenades de lumière.

Il était triste soudain.

— Expliquez-moi pourquoi Éliane Boulher vous a affirmé reconnaître une montre qui n'appartenait pourtant pas à sa fille, martela Malika.

Baron déboucla sa ceinture pour être plus à l'aise.

Il se pinça les ailes du nez avant de proposer :

— Pour mettre un terme définitif à l'enquête en confirmant l'identité du corps.

— Je le pense aussi.

— Pour récupérer cette dépouille et l'inhumer sous le nom de Céline Boulher.

— Bien que sachant que ce n'était pas elle ?

Il resta silencieux.

— Je suis exactement de cet avis, Commissaire, Éliane ne voulait pas que nous arrivions là où nous sommes, insista Malika Cergi, il ne fallait pas que nous puissions identifier ce corps comme étant celui de quelqu'un d'autre, nous n'aurions jamais dû le découvrir, elle a improvisé.

Baron regardait la route, les voitures qui passaient en chuintant.

— C'est ça qui l'a mise dans l'état d'anxiété que vous m'avez décrit, analysait la voix, non pas que nous ayons retrouvé les restes de Céline, elle savait très bien que ce n'était pas elle, mais que nous ayons déterré un corps que nous pensions être celui de Céline !

— Ce qu'elle a commencé par nier.

— Bien sûr, puis elle a compris très vite qu'elle commettait une erreur, qu'elle devait au contraire confirmer qu'il s'agissait bien de sa fille ! Elle s'est imaginé que l'enquête cesserait. Vous comprenez ce que ça signifie ?

— Vous devriez demander à Madrand de se renseigner sur les mensurations d'Abella Dark, dit-il en posant ses mains sur le haut du volant. Je ne parle pas de sa poitrine…

— Vous pensez que c'est elle que l'on a enterrée dans le massif ?

— Je pense que ça pourrait bien expliquer les huit centimètres qui manquent à la patiente du docteur Galiet.

— Je l'ai déjà chargé de récupérer les relevés auprès de l'opérateur téléphonique des Boulher, indiqua Malika. Vous verrez qu'on y trouvera des appels vers l'Irlande. Éliane savait, c'est elle qui a prévenu la pseudo Allison Drake. Charles vous a dit qu'elle s'absentait sans arrêt, à Lourdes ou à Paray le Monial, je crois plutôt qu'elle était à Dingle, chez sa fille.

— Pourquoi tout ça ?

— Vous le lui demanderez… formula Malika Cergi. Si Charles Boulher a découvert cette vérité, la confrontation avec Éliane a pu être violente. L'autopsie aura lieu demain.

— Entendu, madame la Juge, soupira Baron. Et n'oubliez pas Edwige Colot, elle aussi sait… Elle sait depuis toujours.

XVII

Après Macroom, la route remontait vers le nord à travers les monts Derrynasaggart, ils en avaient pour une bonne heure et demie avant d'atteindre Dingle, peut-être même deux heures compte tenu de l'étroitesse de la chaussée sur les vingt derniers kilomètres.

Ryan O'Paddy s'efforçait de ne pas perdre de temps, il conduisait vite, sans cesser pour autant de parler dans un anglo-français auquel se mélangeaient parfois des expressions gaéliques. C'était un type jovial que le retard pris par l'avion n'avait pas contrarié, il cherchait maintenant à le rattraper, s'ouvrant la route à l'aide de son gyrophare qui repoussait les autres usagers vers les *hard shoulders*, ces demi-bandes d'arrêt d'urgence qui permettaient de se croiser à quatre véhicules sur des routes à trois voies.

Ils avaient parlé du voyage depuis Paris qu'O'Paddy ne connaissait pas, de l'été qui s'éternisait, de la bonne santé du capitaine Madrand qui avait chargé Baron de transmettre ses amitiés, et du jeune homme noyé à Barley Cove au mois de mai précédent. Ils approchaient de Killarney. Ils parlaient maintenant d'Allison Drake.

— J'ai demandé à un collègue de Dingle d'investiguer un peu, enchaîna l'Irlandais sans cesser de fixer la route. Les Crawley ont acheté le cottage en 1992, ils venaient de San Francisco, lui était musicien et elle attachée de presse.

— Madrand m'a dit qu'ils partageaient leur temps entre l'Irlande et les USA ?

— Au début, c'est exact. D'après Tommy, le couple a deux enfants, on les voyait surtout au moment des vacances.

— Ils recevaient des visites ?

— Un commerçant a parlé d'une femme qui venait assez régulièrement, une Française. Après ce que vous venez de me dire…

— Éliane Boulher, vraisemblablement, opina Baron. Et depuis que Crawley est malade ?

— Ils n'ont pratiquement plus bougé de Dingle, les enfants sont venus plusieurs fois des États-Unis, la Française aussi. Crawley passe tout son temps en fauteuil, c'est sa femme qui s'occupe de lui, elle est nettement plus jeune, non ?

— Vingt ans.

— Au début, j'ai cru qu'il était son père.

On apercevait le pic du mont Mangerton sur la gauche, dominant Killarney. Le ciel se grisait à l'ouest.

— Elle sort seulement pour faire les courses au Dunnes Stores du coin, commentait O'Paddy. Tommy n'a pas eu l'impression qu'ils… euh… comment dites-vous ? *They are rolling in money* ?

— Qu'ils roulaient sur l'or…

— C'est ça, il n'a pas eu l'impression qu'ils roulaient sur l'or. Ils ont juste une petite voiture…

— Vous connaissez Métal Birds ?

— Madrand m'en a parlé… Nous, les Irlandais, on a U2 et les Cranberries, Aslan, Shane MacGowan, Rory Gallagher, les Pogues…

— Je comprends, sourit Baron en observant le rond de nuages qui se dessinait au-dessus des Macgillycuddy's Reeks.

— *Fucking life* ! Je n'avais jamais entendu parler de Métal Birds !

— Un album tous les cinq ans, écoulé à quinze ou vingt mille copies.

— Désolé, se lamenta O'Paddy.

Il éclata brusquement de rire. Un homme heureux…

Ils entraient dans les faubourgs de Killarney qu'ils devaient traverser. Baron s'absorbait dans la contemplation des maisons colorées, il avait hâte d'être à destination.

— Vous pensez qu'elle va vous reconnaître ?

Il tourna la tête sur sa droite. O'Paddy avait toujours la même attitude concentrée, regard braqué droit devant lui.

— J'en doute… émit-il. Trente-cinq ans après. Mais elle sait qui je suis et elle sait que j'arrive, elle ignore seulement quand, aujourd'hui ou demain, dans trois jours peut-être, mais elle sait que je suis sur le chemin.

*

Elle avait de la fièvre. Il faisait trop beau pour une fin septembre, le soleil se reflétait tard dans l'après-midi dans les eaux de la Dingle Bay, créant une illusion de chaleur, et elle ne s'était pas méfiée. Elle sortait comme si on fût encore en août, or l'air était malsain, un mauvais air déjà porteur de germes contre lesquels il fallait se protéger.

Elle ne savait pas ce qu'elle avait, juste le nez sensible et les yeux luisants qu'accompagnaient une vilaine douleur à la base du cou et une raideur des membres. S'il n'avait tenu qu'à elle, elle se serait couchée et elle aurait fermé les yeux pour ne plus sentir sa tête gonflée, mais ce n'était pas possible. Et puis elle savait bien que ce n'était pas cela, le mal qui la rongeait était d'une autre nature, beaucoup plus compliquée qu'un rhume. Son regard glissa entre les breloques de la cantonnière au crochet qui brisait la vue de l'étroite fenêtre au-dessus de l'évier, capta les éclaboussures de lumière à la surface de la baie. Il ne passait personne sur la route de la côte. Elle ferma les yeux, appuyée sur ses bras tendus plantés dans le grès du plan de travail. Elle ne dormait plus depuis trois nuits tant elle était angoissée. Elle avait de la fièvre, oui… mais elle l'entretenait.

Elle se décolla du meuble et glissa sur ses semelles de feutre jusqu'à la pièce de séjour, de l'autre côté du couloir central, là où l'ouverture vitrée faisait face à l'horizon sur lequel plongeait l'astre rouge. La salle était prolongée d'une véranda avec encore, au-delà, les dalles de pierre compressée d'une terrasse dominant les eaux bleues de la baie.

Duncan était dans la véranda, elle voyait sa nuque tassée au-dessus du dossier rembourré du fauteuil, elle devinait sa respiration au milieu du murmure des vagues filtrant par la vitre entrouverte. Il ne faisait rien, il ne parlait pratiquement plus et les mots qu'il prononçait encore étaient de plus en plus difficiles à décrypter. Le docteur Galher passait tous les deux ou trois jours mais il n'y avait plus rien à faire, de nouvelles séances de rééducation n'entraîneraient aucune amélioration, l'état de Dany était définitivement stabilisé.

Dany… Elle n'était jamais parvenue à l'appeler autrement malgré les années américaines. Elle s'appuya de l'épaule au chambranle et resta immobile à observer la scène, le crâne blanc de cet homme figé par son cerveau malade, ses bras maigres dépassant de part et d'autre du fauteuil, ses jambes inertes dissimulées sous un plaid… Avait-il seulement conscience qu'elle était là à le guetter ? Elle avait chaud, elle était ivre de fièvre et de chaleur, elle devinait dans ses membres une impatience involontaire. Elle devait se sortir de là.

Elle revint dans la cuisine et se mit en devoir de préparer un thé. L'eau commençait à chanter dans la bouilloire lorsqu'elle vit la voiture qui s'immobilisait entre les poteaux de pierre, au bout de l'allée, une voiture blanche de la Garda dont s'extrayaient deux hommes en tenue civile. Son cœur accéléra son rythme, elle y porta la main et enveloppa son sein dans un réflexe protecteur. Celui qu'elle attendait était sûrement l'un d'eux…

Nazer… Lequel des deux ?

Elle les vit prendre leur temps et scruter la façade du cottage depuis le bord de la route, avant de s'engager sur l'accès de gravillons coupant la pelouse jusqu'à la porte de bois bleue.

Elle songea que le moment était venu pour elle d'assumer le passé. Elle ne l'avait pas reconnu et pourtant elle était bien certaine que c'était lui, celui qui marchait en tête. L'autre devait être irlandais, avec ses reflets roux dans une coiffure en brosse.

Ils disparurent à l'angle du mur et elle entendit le heurtoir de cuivre, une lourde reproduction du symbole de Claddagh dont le marteau frappa durement le panneau à trois reprises. L'amour, l'amitié et la fidélité. Le symbole était présent partout sur l'île…

Elle se demanda ce qui se passerait si elle n'ouvrait pas, elle ne risquait sans doute pas grand-chose, elle était citoyenne américaine, ils avaient de bons avocats à Frisco. Il faudrait beaucoup de temps.

Et après ?… Elle songea qu'elle se mettait à réfléchir comme une vieille, pire même, comme une coupable ! Le marteau de cuivre heurtait de nouveau le panneau de chêne de la porte d'entrée, elle était trop nerveuse. Elle y alla lentement, déverrouilla la porte et resta un long moment silencieuse.

L'homme qui la regardait avait une cinquantaine d'années, des mèches grisonnantes décoiffées par le vent de la baie et le regard cerné par la marque des épreuves. Elle reconnaissait la fossette d'amertume au creux de la joue, ce pli-là existait déjà autrefois. Elle ne s'était pas trompée, elle savait qui il était…

Chacun avait suivi sa voie.

— Nazer…

— Il m'a fallu du temps, dit-il de l'air dégagé de ceux qui se sont quittés la veille. La route était mauvaise…

Elle lui répondit d'un sourire sans trop savoir que faire de ses bras qui pendaient. Tendre la main ou autre chose… L'autre, le rouquin à tête de séminariste, paraissait attendre une réaction qui ne vint pas.

— Ryan O'Paddy, présenta sobrement Baron. On peut ?

Elle se décida à s'écarter pour les laisser entrer et referma, le vestibule était propre comme si le ménage avait été fait récemment, l'air sentait l'encaustique.

Ils la suivirent dans la cuisine. Elle avait des gestes saccadés et en avait conscience, et eux l'examinaient avec curiosité.

— Je m'apprêtais à faire du thé… dit-elle du ton embarrassé de quelqu'un qui ne sait pas comment engager une conversation. J'ai de la *stout* si vous préférez…

Ils refusèrent la bière et la regardèrent s'activer. Allison Drake était Céline Boulher et Baron ne ressentait encore rien de la satisfaction du chasseur, il ne ressentait rien d'autre qu'une immense consternation d'avoir été floué.

— Tu n'es pas surprise de me voir, releva-t-il finalement.

Il ne la reconnaissait pas totalement, elle était plus terne que dans son souvenir, plus effacée. Elle s'était empâtée. Il songea que lui aussi avait sûrement changé…

— Tu sais bien que je t'attendais, dit-elle sans cesser de bouger.

— C'est Edwige qui t'a prévenue ?

Elle remua la tête, le dos tourné.

— Il y a bien longtemps que je sais ce que tu es devenu.

— Éliane aussi t'a parlé de moi ?

— Elle m'a appelée tout de suite après ton passage la semaine dernière. Tu venais de quitter la maison avec Boulher.

— Que t'a-t-elle dit ?

— Que le corps d'Abella avait été retrouvé à Porsmoguer. Elle m'a parlé de la montre, et de Tanneau et de la camionnette, je ne me souvenais plus de tout cela…

Baron passa lentement les doigts sous son menton, laissant filer une parenthèse de silence.

— Il lui arrivait de venir ici ?

— Chaque fois qu'elle le pouvait, Nazer. Au moins deux ou trois fois par an. J'allais la chercher à Cork. Elle disait à Boulher qu'elle était à Lourdes, ou à Lisieux, ou n'importe où ailleurs… Elle ne le supportait plus et de toute façon, il ne cherchait plus à savoir.

— Edwige t'a dit… ?

— Quoi ?

— Pour ta mère…

— Que Boulher l'a tuée ?

Elle s'était retournée presque farouchement.

— Charles dit qu'elle s'est suicidée.

— Ne l'écoute pas, Nazer, supplia-t-elle avec un râle sourd, surtout ne l'écoute pas.

Elle chercha à s'agripper au regard qu'il plantait sur elle.

— C'est lui qui l'a tuée ! Edwige m'a appelée dimanche, sa mère vit toujours à Aulnay, c'est par elle qu'elle a su.

Elle fit l'effort de lui retourner le dos pour masquer son visage, il voyait sa nuque blonde, ses épaules qui se soulevaient sur un rythme accéléré, il discerna le sanglot ravalé.

— Maman m'avait dit qu'elle avait failli craquer devant toi.

— Pourquoi n'a-t-elle rien dit ?

— Elle avait promis… Mais elle ne voulait pas mourir, sûrement pas !

Elle lui désigna une pile d'albums.

— Je ne fais rien d'autre que regarder ça depuis dimanche…

Il prit celui au sommet du tas et le déposa sur la table. Des clichés souvenirs d'Éliane et ses petits-enfants. Avec Céline plus jeune de quelques années, avec Chalo qui portait encore les cheveux longs… Dans les rues de Dublin, à la foire aux chevaux de Clifden, devant la Chaussée des Géants du comté d'Antrim… En bateau sur les eaux de la Dingle bay…

— Elle te fait penser à une femme qui a envie de mourir ?

— Pourquoi tout ça ? dit-il.

La bouilloire venait de se couper et Céline prit le temps de disposer trois tasses avant de répondre :

— Je pensais que tu avais compris…

— C'est en travaillant pour Rempat que tu as connu Daniel Chalo ?

— Il est à côté, si tu veux le voir… Mais lui non plus ne te dira malheureusement plus rien.

— Je sais.

Baron observait le visage rond de Céline, un visage intelligent, une figure déterminée.

— C'est vrai que tu as rencontré Caroyère…

— Il se souvenait de toi.

— Nous nous sommes connus au printemps 1979, confirma-t-elle avec un lent balancement de la tête. Lors d'une réception pour les médias à l'occasion de la sortie de *Rustical rock*, Rempat m'avait demandé de venir l'aider, Edwige était là aussi, c'est la première fois que j'ai vu Dany…

Ses yeux s'étaient mis à piquer, elle cessa un instant de parler pour lutter contre l'émotion.

— Il avait vingt ans de plus que moi, il n'était pas spécialement beau… Il picolait un peu… Et entre nous, ça a été immédiat. Une réaction chimique qui ne s'est jamais éteinte. Je suis tombée amoureuse dans l'instant.

— Et tu as aussitôt décidé de disparaître avec lui ?

— Aussitôt, oui. Mais pas de disparaître, Nazer, corrigea-t-elle, j'ai juste décidé de me protéger.

— Il le fallait ?

— Je serais morte.

Elle remua le menton.

— C'est Danny qui a décidé qu'il ne fallait pas que Boulher puisse me retrouver. Jamais ! Il devait me croire morte sinon il me chercherait ! Où que je sois, il me chercherait !

Cette idée lui faisait visiblement mal aux nerfs, des pointes de feu lui transperçaient les yeux comme au plus fort d'une grippe. Pourtant elle n'était pas malade, juste fiévreuse.

La violence avec laquelle elle venait d'évoquer son père choqua profondément Nazer. Il ne comprenait pas… Mais il garda le silence.

— Dany ne savait pas très bien comment s'y prendre, reprit-elle plus calmement. Il a commencé par louer un appartement à Dublin où je devais me réfugier, il voulait me trouver des faux papiers, je devais même me transformer physiquement, seulement on a décidé d'attendre l'automne parce qu'il avait des engagements, la fin de la tournée de concerts prévue pendant la saison.

— Personne ne savait ?

— Edwige était la seule au courant, elle a toujours été mon amie. Je voyais Dany en cachette, on se préparait, je faisais attention à ne rien changer pour ne pas alerter Boulher.

— Jusqu'au 18 juillet, nota Baron en se souvenant. Pourquoi les choses se sont-elles précipitées ?

Elle leva les yeux dans sa direction, de l'autre côté de la table. Il écoutait attentivement. O'Paddy se tenait derrière lui et à voir les plis qui froissaient son front, il était manifeste qu'il devait se concentrer pour suivre l'échange.

— Je suis partie chez ma tante comme prévu, dit-elle, Métal Birds se produisait à Irvillac, je n'étais pas loin…

Pour la première fois il la vit sourire et Baron la reconnut enfin, elle montrait cette même grimace en grimpant sur la margelle du lavoir.

— Dany en a profité pour me rejoindre, il s'est installé quelques jours dans la villa de Nicolas Voisin, mais il ne fallait pas que ça se sache, il ne fallait surtout pas que l'on puisse penser à lui lorsque je disparaîtrais. Alors je prenais la mobylette…

— Et vous vous retrouviez du côté de Lesneven.

— Lesneven ou ailleurs…

— Tu as même demandé à aller au concert.

— Seulement pour être dans le public, je n'aurais pas cherché à le voir, il ne fallait pas, mais de toute façon, il n'y avait personne pour m'y emmener.

— Que s'est-il passé ce soir-là ? Parce que c'est bien après le concert qu'il s'est passé quelque chose ?

— Ils ont tous regagné la maison et il y a eu une fête, Larson était shooté et sa copine aussi, ils avaient beaucoup bu.

— Abella Dark ?

— Ça faisait quelques mois qu'ils étaient ensemble, mais Larson était marié et Abella effroyablement jalouse, elle voulait qu'il quitte sa femme. Ils se sont disputés à ce propos dans leur chambre pendant la nuit, Abella devenait hystérique quand elle était saoule, Larson a vu rouge et il l'a frappée à plusieurs reprises, elle a perdu l'équilibre et elle s'est cognée contre le rebord de la douche.

— Il l'a laissée comme ça ?

— Non, mais il était trop défoncé pour se rendre compte, alors il l'a soulevée avant de la jeter sur le lit et il est parti. Il a dormi en bas, sur le canapé. Voisin et Caroyère sont retournés sur le site du festival le lendemain, les autres musiciens ont quitté la villa, il n'est plus resté que Dany et Larson qui a fini par remonter dans sa chambre.

— Où il a retrouvé Abella.

Céline hocha la tête.

— Elle était morte.

Baron tourna le regard vers O'Paddy. L'Irlandais suivait la conversation en silence.

— C'était la catastrophe, résuma Céline en se décidant à servir, la fin de Métal Birds. Il y aurait une enquête, un procès… l'alcool, la drogue… la violence. Abella avait été tuée, les autres n'avaient rien fait pour essayer de la sauver. C'était la prison sûrement. Le bout du voyage.

— Et il était difficile de se débarrasser discrètement du corps d'Abella Dark.

Elle avança la lèvre supérieure et fronça les sourcils.

— Tout le monde savait qu'elle était à Irvillac, si elle disparaissait on remonterait facilement jusqu'à Larson…

— Alors Dany a eu une autre idée, anticipa Baron, ressusciter Abella Dark pour te faire disparaître, toi ! Puisque c'était ce que vous vouliez.

Elle le dévisagea sans le voir, son regard était comme liquéfié.

— D'une pierre deux coups, insista-t-il, il sauvait Métal Birds du naufrage et il t'offrait une identité que Boulher ne découvrirait jamais.

Elle resta silencieuse.

— Tu étais plus grande qu'Abella mais pas si différente, observa-t-il avec concentration, il suffisait de te vieillir un peu et les contrôles pour passer en Irlande n'étaient pas tatillons, il a appelé son copain Rempat et tous les deux ont organisé un enlèvement bidon, Rempat a contacté Tanneau et Dany t'a prévenue le dimanche, tu connaissais Rempat, tu savais qu'il ne dirait rien, vous avez imaginé le scénario…

— On s'est vus dans l'après-midi, opina-t-elle.

— Voisin et Caroyère repartaient le lendemain, la journée du mercredi a été retenue pour laisser à Tanneau le temps de repérer les lieux, tu as décidé d'une promenade avec moi parce qu'il fallait que ce soit crédible, j'ai été assommé et tu as sauté à l'arrière de la camionnette, tu as retrouvé Dany au *Hangar à bateaux* et vous êtes partis à Dublin où tu t'es cachée. Je suppose que Larson pendant ce temps-là liquidait les affaires d'Abella Dark.

— Il disait à tout le monde qu'elle tournait aux États-Unis et qu'il avait décidé de la rejoindre là-bas.

— Et puis un peu de temps a passé, vous êtes partis à votre tour vous installer à Los Angeles, toi sous l'identité d'Agnès Doussin, tu envoyais un mot de temps à autre dans sa famille, à Limoges… Et Éliane ?

— Elle ignorait tout… Elle remuait ciel et terre pour me retrouver. Je n'ai pas supporté.

— Alors tu as repris contact par l'intermédiaire d'Edwige ?

— Je lui ai tout dit…

— Pourquoi n'a-t-elle pas quitté Charles ?

— Parce qu'il était trop tard ! Elle n'avait plus de travail, elle n'aurait pas su où aller. Et il l'aurait traquée, il l'aurait espionnée, il m'aurait retrouvée…

Baron la vit comprimer sa poitrine de sa main libre, peut-être pour contrôler les battements de son cœur. Elle lui montrait son visage abîmé, ses yeux ravagés, ses lèvres qui tremblaient.

— La vérité aurait éclaté pour Abella, dit-elle, Dany aurait été poursuivi. Et nous avions menti aux services de l'immigration américains… C'est pour moi qu'Éliane est restée. Elle espérait que Boulher finirait par crever.

Elle posa la bouilloire qu'elle avait conservée après avoir servi, tendit un instant l'oreille en direction de la pièce voisine, guettant un éventuel appel.

— Il a de plus en plus de mal à s'exprimer, bredouilla-t-elle sur un ton chargé d'épuisement, le médecin passe tous les trois jours mais ça ne sert à rien.

Elle poussa l'une des sous-tasses en direction de Baron.

— Qui va s'occuper de lui après ?

Elle n'attendait pas de réponse. Les pulsations de son cœur lui faisaient mal, elle savait bien que Baron espérait autre chose, qu'il avait besoin de savoir.

— Tu pensais le connaître, n'est-ce pas ? ajouta-t-elle en le regardant droit dans les yeux, presque agressive. Tu le penses peut-être toujours.

— De qui tu parles ?

— Boulher.

— Je ne crois pas…

Il y avait de l'angoisse dans son expression. Elle passa la langue sur ses lèvres avant de continuer :

— Maman m'avait dit qu'il t'appelait de temps en temps.

— C'est vrai. J'avais promis de te chercher…

— Tu veux savoir ? murmura-t-elle en tirant sur le dossier d'une chaise… Tu veux que je te raconte ?

Elle s'aida de ses poings crispés sur le plateau de la table pour se glisser le long du meuble. Un tic lui secouait la paupière droite, son nez se pinçait.

— Tu veux ?…

Elle parlait de Boulher en recouvrant son nom d'une inflexion haineuse.

— J'avais une dizaine ou une douzaine d'années quand ça a commencé…

Elle se posa maladroitement sur le siège, serra son visage dans ses paumes.

— Il passait juste sa main sous ma robe lorsque nous étions seuls, je ne comprenais pas ce qu'il était en train de faire, je pensais peut-être que c'était normal…

Ses bras retombèrent.

— Maman m'a dit qu'il avait cessé de boire, mais ce n'était pas le cas à l'époque… Il rentrait tard.

Maman dormait déjà et il s'est mis à venir dans ma chambre la nuit lorsqu'il était saoul, à me dire que si je faisais ce qu'il voulait, si je lui faisais simplement plaisir, alors il n'aurait plus besoin de boire comme ça. Il disait qu'on serait heureux tous les trois, il m'appelait sa petite colombe.

Elle pencha la tête de côté, observant le commissaire avec une expression mélangée d'attachement et de défiance, d'attirance et de refus en même temps.

— Un enfant n'a pas les mots pour exprimer tout cela. Quand son papa lui demande de le toucher ici… Quand son papa dit qu'il voudrait bien qu'on le suce… C'était mon père… Je croyais que les choses s'arrangeraient, alors j'ai essayé, j'ai fait ce qu'il voulait.

Elle avait porté les doigts à ses oreilles, comme si ce geste pouvait faire taire les souvenirs. Mais non, ils étaient là, comme gravés dans la pierre, impossibles à détruire.

— Mais ça n'a fait qu'empirer, il buvait de plus en plus. Au début, c'était seulement des caresses qu'il voulait, mais un jour, c'est devenu violent. Maman n'était pas là, j'étais assise à côté de lui, nous regardions la télévision… Il m'observait avec un drôle d'air… Il a passé son bras autour de ma tête, j'ai cru qu'il voulait juste se rapprocher, mais il m'a attrapé les cheveux et il a tiré, il m'a forcée… Il m'a mise à genoux…

Il y avait en elle quelque chose d'animal.

Baron posa sa main sur la sienne.

— Comment c'est possible ?… Et puis il m'a obligée à me redresser, il a arraché ma culotte de petite fille et il s'est allongé sur moi, il m'a fait mal…

Elle en ressentait encore comme une sorte de brûlure qui irradiait dans tout son corps, jusqu'au bout de ses doigts.

Elle cessa de parler et Baron évita de bouger, le duvet sur sa nuque était trempé de sueur. Elle avait mis sa main dans la sienne, elle lui livra un regard mouillé.

— Quand ça a été fini, il m'a juste embrassée sur le front, reprit-elle, il avait un sourire de satisfaction que je n'oublierai jamais. Je n'ai rien dit quand maman est rentrée.

— Tu n'as pas essayé de parler à Éliane ?

— Elle avait mis des années à se créer une sorte de vie parfaite, elle travaillait beaucoup, j'avais peur de tout détruire, peur qu'ils se quittent… et peut-être qu'elle ne m'aurait même pas crue…

Elle se tut et ils restèrent tous les trois un long moment suspendus dans le silence. Baron ne bougeait toujours pas. Il sentait un immense vide en lui, il était fracassé par la face insupportable d'un homme qu'il avait cru connaître et qu'il avait même plaint…

Un malade. Un monstre avec qui il avait partagé un verre quelques jours plus tôt.

Céline prit une inspiration tremblante :

— Après il ne m'a plus touchée pendant des semaines, il venait simplement me voir dans ma chambre, il me prenait dans ses bras, il me demandait si j'avais aimé ce qu'il m'avait fait. Il disait que c'était notre secret, que c'était ainsi parce qu'il m'aimait très fort… que j'étais sa petite fille à lui… j'ai essayé d'enfouir tout ça, j'ai cru que c'était passé, jusqu'au jour où il a recommencé.

Elle ferma les yeux, s'obligea à tout revoir. Se remémorer l'agression l'horrifiait, elle avait mal à la tête. Boulher dans un lambeau de brouillard qui se détachait de son cerveau. Il avait un regard fou… Et d'un autre côté ça la soulageait d'en parler, Éliane était morte.

— Maman n'était encore pas là, bien sûr… reprit-elle de la même voix sans relief, j'ai revu la perversité dans les yeux de Boulher quand il m'a agrippée, je me suis retrouvée sur la table, il m'avait arraché tous mes vêtements. Il était très puissant, il maintenait mes jambes écartées, de son autre main il appuyait sur ma bouche et sur mon nez, je n'arrivais pas à respirer, et puis il m'a pénétrée avec une telle violence… je regardais le lustre au-dessus de ma tête, j'ai eu un trou noir. J'étais seule lorsque j'ai repris conscience, j'étais toujours nue sur la table, j'avais mal partout. Il est revenu, il était redevenu gentil, il m'a dit que c'était bien ce que j'avais fait, que ça resterait aussi notre secret, et que je pouvais aller dormir parce que ça devait me fatiguer. Alors je suis montée, je me suis lavée et j'ai sauté par la fenêtre.

Baron maîtrisa avec peine un sursaut.

— Tu as sauté ? s'effraya-t-il.

— Je voulais mourir. Quand maman est venue à l'hôpital, j'ai dit que j'avais glissé.

Double fracture du tibia-péroné réduite par ostéosynthèse. Baron serra plus fort les doigts emprisonnés au creux de sa paume. Les mots de regrets qui lui montaient aux lèvres ne franchirent pas sa bouche, c'était des mots inutiles. Trop tard.

— Il m'a laissée tranquille pendant quelque temps, reprit Céline en fixant le bois du plateau, je crois qu'il a eu peur qu'il y ait une enquête, mais il est revenu un soir et il a recommencé, encore et encore. C'était de plus en plus brutal. Alors j'ai appris à fermer les yeux et à bouger pour que ça aille plus vite, je passais des heures à me purifier ensuite… Et lui me répétait que j'étais à lui et que jamais il ne me laisserait partir. J'avais peur, j'en ai parlé à Edwige, c'est elle qui m'a présenté Rempat, je me préparais à disparaître…

— Et Dany est arrivé, conclut doucement Baron.

Elle releva les yeux.

— J'étais encore capable de faire confiance, opina-t-elle avec un sourire triste.

Elle retira insensiblement sa main.

— J'étais vide, tu sais… Maman va me manquer.

— Tu es certaine qu'il l'a tuée ?

— Elle n'en pouvait plus. Je suis sûre qu'elle lui a craché ses vérités à la figure. Elle a dû lui dire que j'étais vivante ! Qu'on se voyait depuis des années ! Qu'elle savait tout.

Elle secoua lentement la tête avec un pâle sourire, une larme roulait sur sa joue, elle l'écrasa du bout d'un doigt.

— Elle m'a raconté qu'elle l'avait traité de salaud devant toi. Elle était décidée.

Baron acquiesça et Céline le regarda attentivement.

— Maman ne s'est sûrement pas suicidée. Nous avions prévu de nous voir en novembre, elle me l'avait écrit.

XVIII

Les roues de l'avion touchèrent la piste avec une grande douceur et Baron se pencha vers le hublot, regardant défiler les balises avant d'apercevoir les bâtiments de l'aéroport. Il replia l'exemplaire de l'*Irish News* qu'il avait feuilleté pendant le vol et le glissa dans le panier, devant lui, puis il attendit patiemment que l'avion d'Aer Lingus se soit immobilisé avant de détacher sa ceinture. Il enfila sa pelisse, attrapa son sac de voyage et s'intégra dans la file marchant vers la porte de sortie.

Ryan O'Paddy ne l'avait pas lâché depuis la veille, ils avaient achevé la soirée ensemble au *Murphy's bar* de Killarney après un dîner au *Lord Kenmares*, Baron n'avait eu qu'à grimper ensuite vers les étages où était réservée sa chambre. O'Paddy l'attendait le matin pour un retour vers Cork, où il avait de nouveau pris son temps et patienté jusqu'à l'heure de l'embarquement.

La mine sombre, le commissaire emboîtait le pas des voyageurs s'engageant dans les couloirs du terminal.

Il pensait à Céline, restée à Dingle pour s'occuper de Daniel Chalo. Elle lui avait promis d'être présente aux obsèques d'Éliane. Il franchit le comptoir pour passer dans le hall, s'immobilisa en regardant autour de lui. Malika Cergi lui adressait de discrets mouvements du bras pour se signaler, il fendit la foule pour se rapprocher d'elle et la saluer.

— Madame la juge…

Ils avaient longuement conversé la veille au téléphone, puis de nouveau le matin, elle était à Bobigny pour suivre l'audition de Charles Boulher. Ils se dégagèrent de la cohue agglutinée autour du porche de sortie, traversèrent le hall en direction des portes extérieures et débouchèrent enfin sur le trottoir éclaboussé par le soleil brillant dans un ciel sans nuages.

Baron laissa tomber son sac, il n'avait pas beaucoup dormi et ressentait des courbatures dans le dos. Il se massa les reins. Il n'y avait pas de vent mais il trouvait que la température avait chuté en l'espace de deux jours, il faisait froid.

— Boulher a avoué, prononça Malika Cergi.

Il cessa de se frictionner les côtes.

— Avoué quoi ?

— L'inceste. La perquisition menée dans le pavillon d'Aulnay a permis de découvrir les courriers que Céline adressait à sa mère, par l'intermédiaire d'Edwige. Elle y racontait tout, les caresses, les viols…

— Il n'a pas nié ?

— Quand il a su qu'elle était avec vous. Il prétend que Céline était âgée de plus de quinze ans lorsque les rapports sexuels ont débuté, et qu'elle était consentante. Il n'y voit qu'un simple délit de corruption de mineure. La justice n'est là que pour dire le droit, pas la morale.

Baron avala de l'air, chassant l'envie de vomir. Où était le Charles Boulher qu'il avait cru connaître ?

— Et pour Éliane ?

— L'autopsie a confirmé le coup porté ante-mortem, Éliane était sans connaissance lorsqu'elle a été pendue, elle est décédée d'une fracture des vertèbres cervicales. Boulher continue de nier toute participation.

Baron se voûta pour saisir l'anse de son sac.

— Il finira par craquer, anticipa-t-elle.

Il approuva silencieusement. Il avait juste envie de rentrer chez lui.

— La gare, madame la Juge ?

— Je vous dépose, confirma-t-elle, j'ai une voiture.

Elle ne portait à l'épaule qu'un grand sac de cuir noir, une sorte de baise-en-ville dans lequel elle avait dû glisser le nécessaire pour une nuit à l'extérieur. Elle ne regagnait pas Brest tout de suite. Elle l'accompagna jusqu'à la porte de son wagon, elle était encore sur le quai lorsqu'il s'installa à sa place, elle téléphonait. Il chercha à lire sur ses lèvres le message qu'elle lui adressa au moment où le train démarrait, mais il ne comprit pas.

Boulher avait craqué. Après avoir défoncé la porte de la chambre, à l'étage dans le pavillon d'Aulnay, il s'était retrouvé face à une Éliane animée par une haine mortelle, qui n'avait plus trouvé la force de se contenir. Elle le maudissait. Le temps était venu pour lui de payer le mal qu'il avait fait, elle avait décidé de tout révéler, elle allait le dénoncer. Salaud ! Il avait simplement frappé pour la faire taire. Après, devant le corps inerte, il n'avait plus eu d'autre solution, il l'avait accrochée à une poutre et avait attendu avant de donner l'alerte.

Le train franchissait les tunnels, retrouvait la plaine inondée par le soleil. Bientôt le mois d'octobre…

Une sonnerie annonça l'enregistrement d'un message vocal pendant la traversée des lignes souterraines, Baron écouta ce que lui disait Malika Cergi. Boulher avait avoué.

Alors il expédia à son tour une dépêche téléphonique en direction de l'Irlande.

Boulher a avoué.

Puis il ferma les yeux. Il avait hâte d'être arrivé…

Orion - Les Perrières

Mars 2015.

Inscrivez-vous gratuitement,
et sans aucun engagement de votre part,
à notre bulletin d'information
en nous retournant le coupon ci-contre.

Vous serez averti(e) des parutions en exclusivité,
pourrez bénéficier d'offres spéciales,
de cadeaux, etc.

Chaque nouvel inscrit recevra
une petite surprise…

Rejoignez-nous vite!

Et n'hésitez pas à proposer l'inscription
à vos parents et amis…

Je désire m'abonner gratuitement
au bulletin d'information des Éditions du Palémon :
je serai averti(e) des parutions
des enquêtes de Hervé Huguen et autres ouvrages,
ainsi que de l'actualité et des offres Palémon.

Nom ....

Prénom ....

Adresse ....

....

....

Code Postal ....Ville ....

Pour encore plus d'offres et d'infos,
indiquez votre adresse e-mail :

E-mail : ....@......................

Bon à compléter ou à recopier
et à retourner par courrier à l'adresse suivante :

ÉDITIONS DU PALÉMON
ZA de Troyalac'h
10 rue André Michelin
29170 SAINT-ÉVARZEC

HH08

Retrouvez les ouvrages de Hervé Huguen
et tous les titres des Éditions du Palémon sur :

www.palemon.fr

ÉDITIONS DU PALÉMON
ZA de Troyalac'h - 10 rue André Michelin
29170 SAINT-ÉVARZEC
02 98 94 62 44
Dépôt légal 4e trimestre 2015

ISBN : 978-2-372600-10-1

Achevé d'imprimer
par l'Imprimerie Laballery (508098)
1er tirage
Imprimé en France